神曲プロデューサー

杉井　光

集英社文庫

目次

神曲《しんきょく》プロデューサー

DIVINE MELODY
PRODUCER

雨を感じられる人間もいるし、
ただ濡れるだけのやつもいる。

ボブ・マーリィ

超越数トッカータ

たまに親戚や大学の同期なんかと酒を飲むと、作曲ってどうやるの？　と訊《き》かれることがある。これほど困る質問もないので、酔いが回っていてつまみをあらかた食べ尽くした後ならば、こう訊き返すことにしている。

「トイレで大きい方するとき、どうやってんのか自分で説明できる？」

「ううん？　だから、それは、そう、とにかく、ふんばるんじゃない？」

ろくでもない問いにろくでもない答えだけれど、かなり正解に近い。

楽器はなにを使って曲を作っているのかと問われれば、僕はピアノと答えるしかない。でもピアノの前に座ってずっと鍵盤を叩《たた》きながら作曲しているところを想像されると困る。多くの時間は、万年床で天井をにらんだり、同じコンビニで何度も同じガムを買ったり、近所のラーメン屋まで散歩にいってむせるほど豚骨くさい湯気を浴びただけで帰ってきたり、といったことに費やされる。

そんな浪費の果てに、やがてふと、なにかが聞こえる。

それはひとつながりのフレーズであったり、イントロのギターリフであったり、あるいは循環する和声進行だったりする。僕はそれにしがみつき、離さないように、ちぎれないように、見失わないように、引きずり出す。

どれほど音楽理論が洗練され、楽器や機材や技術が進化しようとも、この最初のとっかかりだけは、どうにも時期を待つしかない。大昔のギリシア人はそれを詩神《ムーサ》の啓示と呼んだ。僕は排泄《はいせつ》にたとえる。文明のちがいだろう。たぶんアテナイにはトイレがなかったのだ。

＊

目を醒《さ》ましたときには、くっきりした陽射《ひざ》しが遮光カーテンの隙間から入り込んで、床に散乱した雑誌やCDやギター弦や脱ぎっぱなしの服を埃《ほこり》っぽく照らしていた。時計を見ると、もう十一時だった。今日は予定を入れていないとはいえ、寝すぎた。

布団から抜け出し、二日酔いの身体《からだ》を椅子に引っぱり上げる。

電子ピアノの上にノートPCがあり、ネットを巡回しようと開きかけて、やめる。そんな勇気はない。僕の初めてのオリジナルアルバムが、二日前に発売されたばかりだからだ。どうしたって評価と売り上げが気になってあっちこっちのサイトやブログを見てしまうだろうし、それで落ち込んだうえにオフが丸一日潰れるというのはあまりにも哀《かな》しい。

売れるわけがないのだ。無名の穴埋めキーボーディストが、事務所の社長の気まぐれで出した音源なんて。

部屋を見回す。家賃八万五千円の八畳ワンルームは、壁いっぱいに吊《つる》されたギターやベース、四段重ねのシンセサイザー、配線がぐしゃぐしゃになったPCラックに囲まれて、息苦しいくらいに狭い。

熊ん蜂の羽音みたいなものが聞こえた。

ぼんやりした頭を巡らせる。枕元に投げ出したままの携帯電話が震えていた。拾い上げると、実家からだ。

僕は布団にしゃがみ込んで、携帯のバイブ音を十二回数えてから、あきらめて電話に出た。

『シュンくん？　やっとつながった。今年のお盆はどうするの、帰ってくるの？』

今年還暦を迎えた母親が耳障りな高い声で言った。

「いや。たぶん八月はずっとツアーだと思う」と僕は嘘《うそ》をついた。そんなたいそうなご身分ではない。どこかの売れっ子のサポートメンバーとして呼んでもらえればべつだけれど。

『それ、月給はいいの？』

月給、と僕は絶望的な気分になった。母はスタジオミュージシャンという仕事をまだ毛ほども理解していないらしい。

『テレビも新聞もずっと見てるけど、シュンくんのレコードちっとも出ないじゃない』

「おととい出たよ。そりゃテレビになんて出るわけがない。初回プレス三千だし」

『ろくなもの食べてないんでしょう。東京なんてお家賃もひどいし。ねえ、お盆くらい帰ってらっしゃい。お父さんも心配してるし、それにほら本家の大叔母さん憶《おぼ》えてる？シュンくんに逢《あ》いたがって』

「それ縁談だろ、どうせ」

『それだけじゃないわよ多分。あの人、農協にも色んな会社にもつてがあるし、こっちで就職するのに心強いわよ』

頭痛が僕の頭蓋骨の内側で水銀みたいに右のこめかみの方へと集まり始めた。僕は辛抱強く言った。

「僕もう三十歳だよ？　東京来て十年間どうやって食ってきたと思ってんだよ」

『それが心配なんじゃない』

まるで言葉が通じていなかった。母親というのはそういう生き物なのだ。これとまったく同じ会話はもう四回目くらいだった気がする。

『レコードも出てないのにどうやって食べてるの、まさか女の人にたかってるわけじゃないでしょうね』

「あのさ、この国の音楽関係者の百人中九十九人までは依頼こなしてギャラもらって生きてんだよ。ＣＤの印税だけで食ってけるのは残り一パーセントのさらに一パーセントくらいなの」

『じゃあシュンくん飢え死にじゃない！』

「人の話聞けよ！　ああもう、わかったよ、どうせ一日二十八時間くらいテレビ見て暮らしてんだろ？　猫とペンギンがうじゃうじゃ出てくる生命保険のＣＭあるだろ、あの歌書いたのが僕だから、あのＣＭが映るたびに僕に百円入るとでも思って安心しといてくれよ」

『……まあ。それじゃ、お父さんの部屋のテレビもつけてれば二百円入るの？』

僕は馬鹿馬鹿しくなって通話を切った。携帯を枕の下に突っ込み、布団に転がって、切れたままの蛍光灯を見つめる。

自分の息子が音楽で飯を食っているということを、あの人はまだいまいち呑《の》み込めていないのだろう。近所の人たちに「息子さんのお仕事は？」と訊かれてうまく答えられないのだ。

僕だってちゃんと答えられるか怪しい。

とくに、僕は最初から音楽がやりたくてこの業界に来たわけではない。地元の大学を中退して上京し、最初にバイトで入った雑誌社が音楽系だっただけなのだ。ライターが足りなくて記事を書かされたり、ハウツー系のムックにつけるサンプル音源を作らされたりしているうちに、作詞の依頼がぽつぽつ来るようになり、気がつけば便利屋として業界の端っこに引っかかっていた。

だからミュージシャンだという自覚は、十年目の今に至るも、あまりない。

母に言ったことの半分くらいは嘘ではなかった。生命保険のCMソングの仕事は、これまで請けた中で飛び抜けて美味《おい》しかった。相場があってないような業種なので、大企業がクライアントだと見たこともない桁のギャラが出ることがある。わずか三十秒ほどの曲とはいえ、二十いくつのサンプル音源をつくっていって片っ端から没にされる、ということを何度も繰り返すので、さほど楽な作業ではない。

同業者からよく不思議がられるのだけれど、僕は広告音楽の仕事が好きだった。ギャラが高いこと以上に、「なにに向けて努力すればいいか」がはっきりと見えているのがありがたい。クライアントの要望を読み取って音符に落とし込むことに全力を傾ければいいのだ。人間、なにがつらいといって、航路の先に陸地などないのではないかと疑いながら漕《こ》ぎ続けるほどつらいことはない。

だから今はこうして、怖くてネットさえつなげないでいる。

自分以外になんの指針もないまま、ほとんどひとりで創りあげたアルバムが、今まさに海をさまよっている最中だからだ。

枕の下で再び電話が震えた。

また母親からかと思ってしばらく放置していたけれど、いったん切れてから数秒後にまたかかってきたので、僕はしかたなく寝転がったまま頭の下から携帯を引っぱり出す。事務所の制作部長の和田《わだ》さんからだったので、跳ね起きる。

『シュン、起きてっか？　増盤、六千かけるぞ』

「え、えっ？」

『おまえ昨日飲んだくれてて聞いてなかっただろ』

僕は唾を飲み込んだ。酔いのわだかまる頭に、和田さんの言葉はなかなか染みこんでこない。

「いや、あの、売れたんですか？　在庫がもう捌《は》けた？」

『売れたわけねえだろ』

「はあ」

頭痛はかえってひどくなってきた。意味がわからない。売れていないCDをどうして増盤するんだ？

『シングルが配信の方でデイリー一位とってる』

僕はピアノの前の椅子に座り直した。

「……なんででしょう？」

挙げ句の果てに出てきたのはそんな言葉だった。

『おまえがてきとうに作ったPV、ネットにあげただろう。いまクソみたいに話題になってるぞ。それも知らないのか』

＊

和田さんからの電話を切った後で、僕はノートPCを開いてネットを見て回った。たしかに、とんでもない事態になっていた。

ろくな宣伝もしてもらえないということで、僕は自分の部屋にある楽器を使ってストップモーションアニメを撮影し、それにシングル曲をかぶせてプロモーションビデオをでっちあげた。ネットにあげたのは、発売日前日のことだ。

なにがどう受けたのかわからないけれど——楽器たちを喋《しゃべ》らせて寸劇仕立てにしたところだろうか——その動画はあちこちのブログや掲示板で紹介され、三日間で五十万を超える再生数を叩き出していた。そのシングル曲は、事務所が自前で経営している音楽配信サイトからしかダウンロードできないので、アクセスが殺到し、その結果として局地的なナンバーワンが誕生してしまったわけだ。

いや、でもこれ、そんなに売れてるわけでもないぞ？　ピークは昨日だったみたいで、今はもうランキング二位に後退しているし。累計ダウンロード数一万弱、といったところか。すぐに収入を計算して、少し暗い気持ちになる。

しかし僕は、自分の歌のすぐ上に表示されている『海野《うみの》リカコ』という名前を見て、にやついてしまう。前日二位からの返り咲きだ。

海野リカコはアルバム売り上げ日本記録を有する歌姫であり、その新譜をたった一日とはいえ蹴落としたのだから、少し気分がいい。海野リカコにとっちゃ足の小指をちょっと踏んづけられたくらいの事故だろうけれど。どうせ他の配信サイトでも、オリコンでも、余裕の顔で君臨しているだろうし。

プロモーションビデオをあげた動画サイトも見てみた。画面を埋め尽くすほど鑑賞者コメントが表示される。

どれも動画の面白さにしか言及していない。

まあそんなものか。

笑えるアニメーションはすぐに話題にできるけれど、音楽はそうはいかない。ただ黙って聴くしかない。

これ、先につながるのかなあ、と僕は思う。

ごく一部で盛り上がってるだけじゃないか。酒の席でふと口にした冗談がたまたま大受けしてみんな笑い転げた、みたいなものだ。だれも僕の歌なんて聴いていないんじゃないのか。

うつろな気持ちになった僕の視界を、大量のコメントが流れ過ぎていく。

ふと動画の下に目を移すと、配信サイトへの直接リンクがはられている。蒔田《まきた》シュン、という僕の名前の隣に『ロンド・アンジェリコ』と曲名が並べられ、その下には¥200と書かれたクリックボタンが配置されている。

二百円なのだ。

この三日間で、何千人かが、僕の歌に二百円を支払ったのだ。心を震わされた対価として。それは、どんな言葉よりも力強い真実だ。会社だって、その真実だけを見てアルバムの増盤を決めたのだ。ネット配信でこれだけ話題になったならCDもそこそこ出るにちがいない、と、百戦錬磨《き》の営業部が判断したのだ。

目をつむると、万の言葉は消え失せ、僕の意識に触れるのは僕自身の歌だけになる。サイケデリックに歪《ゆが》ませたピアノがその声を焼き焦がしている。聴いていると、じっとしていられなくなる。そんな力が、この歌からはたしかに感じられる。そういうふうに創ったのだ。

僕はノートPCを閉じた。

OK、これはたしかに僕のリアルにつながっている。僕の銀行口座にも。それがなにより大切なことだ。

＊

翌日の昼、新宿のスタジオで音入れをしている最中に、驚くべき来客があった。防音扉がいきなり開き、室内に飛び込んできたのは、一人の若い女の子だった。

「蒔田さん？　蒔田シュンさんいますか？」

水色のノースリーブに薄いカーディガンを羽織って淡い茶色のサングラスをかけた、小柄な娘だ。稲穂色の短い髪には柔らかいウェーブがかけられ、全身から真夏のまぶしさを放っているせいで、狭苦しくて薄暗いスタジオが一気に明るくなった気がした。

ちょうどレコーディングを中断して段取りを打ち合わせしていた僕やプロデューサーやエンジニアは、そろって唖然《あぜん》としたまま彼女を見つめた。みんな彼女を知っていた。海野リカコだ。

「カコちゃん、なによいきなり」

最初に我に返ったプロデューサーがつぶやいた。

「蒔田さんがDスタに入ってるって聞いて。お邪魔します」

彼女はギターアンプや広げられたエフェクターケースや蚯蚓《みみず》の群れのように床でのたくるケーブルを器用によけてこちらに近づいてきた。

「蒔田さんだ、はじめまして！　わあ、本物だ、感激！」

海野リカコは僕のすぐ隣のスタンドに立てかけてあったギターに向かって抱きつきそうな勢いで言った。

「いや、それは僕のギターですけど」

海野リカコは目を見開いて、僕を見た。

「『ロンド・アンジェリコ』のPVで歌ってたの、この子ですよね？」

彼女はそう言ってギターを指さす。

「そうだけど……」

僕とギターを三回くらい見比べた後で、海野リカコは「わかった」と人差し指をまっすぐ立てた。

「蒔田さんの飼い主さんですか？」

「だから僕が蒔田です！」飼い主ってなんだ飼い主って。

海野リカコは顔を曇らせる。

「ギターを長い間かわいがっていると動き出して喋ったり歌ったりしてくれるわけじゃないんですか？」

あんたの暮らしてる妖精の国とはちがって僕が生きてるのは現代の日本なんですよと言おうとしたところでプロデューサーが脇から口を挟んできた。

「カコちゃん、どうしたの。シュンのこと知ってんの」

「おととい知ったの、PV見て。どこかの配信サイトでわたしの三十日連続一位を止めちゃった曲があるって聞いて」

＊

「蒔田さん、なんでもやるんだね。ベースまで自分で弾いてるとは思わなかった」

レコーディングが終わった後のマクドナルドで、僕の向かい側に座った海野リカコはそう言った。僕は固く冷えたチーズバーガーの残りを無理矢理飲み下してコーヒーで流し込んでから答える。

「ドラムス以外はぼちぼちできるから、今日みたいにタイトなスケジュールはよく頼まれるんだよ」

しがない便利屋の、いつも通りの仕事終わりの遅い昼食に、年収二万倍くらいあるトップスターがなぜついてきたのか、よくわからない。

僕は混雑した店内を見回す。午後四時を回っているので、店内は学生服姿が目立つ。

海野リカコだって、たしか二十五、六歳でバツイチだったはずなのだけれど、こうして実物を近くで見ると女子大生にしか見えない。

「ねえ、あのPVも自分で撮ったの？」と海野リカコは身を乗り出してきた。「ものすごい手間でしょう、あれ」

初対面だというのに彼女の喋り方はあまりにも気安くて、僕は視線が合わないように椅子に横座りして足を組み、つとめて事務的な口調で答えた。

「昔からちょっとずつ撮ってたんだ。最初はね、部屋が汚すぎて、ちょっとものを動かすだけでどこになにがあったのか忘れちゃうから写真に残してただけなんだけど、何枚か並べてみたら面白くてさ」

「すごいね蒔田さん」と彼女はギターケースの頭をなでた。

「ちょくちょくギターに向かって話しかけるのやめてくれないかな……」

僕がギターを椅子の裏に隠すと、彼女は肩をちょっと持ち上げてくすくす笑った。

どうにも調子が狂う。僕の知っている海野リカコは、プロモーションビデオで氷河峡のように深いコントラルトの歌声を響かせていたり、あるいはグラミー賞の授賞式で見事な英語のスピーチを披露したりする蠱惑《こわく》的な歌姫だった。いま目の前で喋っている女の子と結びつかないのだ。だいいち、彼女ほどのビッグネームが、しょぼい配信サイトでたった一日トップをさらわれたからというだけで、なんで僕の昼飯にまでついてくるんだ？　初対面なんだぞ？

「あのＰＶ、もう二百回くらい観《み》ちゃった。つくるのにどれくらいかかったの？」

茶色いサングラスの奥で目を輝かせて海野リカコは訊いてくる。

「三ヶ月くらいかな」

どんな機材使ったの？　わたしにもできるかな？　といった矢継ぎ早の質問にてきとうに答えながら、僕は内心なるほど、と思う。要するに彼女も動画の方にだけ興味を持った何万人のうちの一人だというだけなのだ。僕の歌なんて聴いていないのだ。

でも、僕は彼女からの十いくつ目かの質問に言葉を失う。

「あのＰＶ、ちゃんと曲の運指に合わせてギターの弦がへこんでるでしょ。あれがいちばんびっくりした。昨日やっと気づいたんだよね。イントロのリフがどうしてもコピーできなかったんだけどＰＶコマ送りで見て解決！　シェイクハンドだったんだねー」

思わず、彼女のグロスだけを塗った形の良い唇にじっと目を注いでしまう。視線に気づき、海野リカコは口をつぐんで首をかしげた。

「どうしたの？」

「ああ、いや、あの」僕は紙コップに残った薄いコーヒーをすすった。「たぶんはじめて、だから。それ気づかれたの」

「そうなんだ！　嬉《うれ》しいな。たぶん、わたしが世界一たくさんあのＰＶ観てるもんね」

彼女の顔をまともに見られなくなり、僕は窓の外に視線を投げ出した。新宿サザンテラスの遊歩道のゆったりした人の流れが小さく見えた。甲州《こうしゅう》街道にひしめき合う車のルーフに初夏の陽がばらけて照り返されていた。彼女がさらになにか言ったけれど、僕には聴き取れなかった。自分の心臓の音がやかましすぎたせいだ。

海野リカコが、僕のMVをそれほど繰り返し観てくれたということも、ささやかな仕掛けに気づいてくれたということも、もちろん嬉しかった。でも僕をしびれさせたのはそれだけじゃない。なによりも、彼女が僕の曲をコピーしてくれた——彼女の手で、演奏してくれたことだ。それは言葉でも札束でも伝えきれない、歌い手から歌い手への最大の讃辞《さんじ》だと、僕は知っている。たぶん彼女も知っている。

「『ロンド・アンジェリコ』、今度ラジオで演《や》ってもいい？」

顔をのぞき込まれ、そんなことまで言われると、僕は蠅《はえ》を追い払う牛のしっぽみたいに間抜けに何度もうなずくしかない。

＊

制作部長の和田さんから電話がかかってきたのは、僕とリカコがギターのピックアップの高さだのネックの差し込み角度だのについて熱心に話し込んでいる最中だった。

「もしもし。……はい。新宿です、新宿のマック、ええ、はあ、飯くってました」

さすがに海野リカコと放課後の高校生みたいに喋り通しでしたとは言えない。ちらと時刻を確認するともう午後五時を回っていた。一時間以上喋ってたのか。

『ネット見てないのか？　とにかく事務所来い』

和田さんの声は錆《さ》びた鋸《のこぎり》みたいに剣呑《けんのん》だった。さらにこう付け加える。

『社長がキレそうだから急げ』

「なにかあったんですか」僕は声をひそめて壁際に行く。

『おまえ、やってないよな？』

「え？」

『「ロンド・アンジェリコ」だよ。パクってないよな？』

＊

事務所の社長室で、僕はその動画を見せられた。どこかのクソ親切なだれかが動画投稿サイトにあげた、僕の『ロンド・アンジェリコ』と、もうひとつ別の歌を比較したものだ。盗作、というキャプションに僕は暗い目まいをおぼえる。盗作だって？

「あのねえ蒔田くん、こういうのねえ、困るんだ、ほんとうに困るんだよ」

デスクの向こうで社長がしきりに自分の頬をなでながら言った。頭頂部まで禿《は》げあがった広大な額には大粒の汗が浮かんでいる。

「よりにもよってねえ、瀧寺《たきでら》さんの歌をねえ、まずいよ蒔田くんこれは」

「待ってください、パクってなんかいません」

僕は思わずデスクに両手を叩きつけていた。積み上げられていた未決裁書類が崩れ落ち、あわてて拾い上げる。

「しかしね、八小節くらいまったくそっくりじゃないか」

僕の両腕が萎えていく。その通りなのだ。聴いてすぐにわかる。旋律がぴったり一致する箇所がある。

「……これ、だれの曲ですか」

僕はおそるおそる訊いて、社長の顔を、それから和田さんの顔をうかがう。デスクの脇に立ってポケットに手を突っ込んだままの和田さんは、渋い表情で言った。

「瀧寺雅臣《まさおみ》だよ。知らねえわけねえよな」

和田さんの目頭の下にはタールを塗ったような濃いくまが刻まれていた。僕は唾を飲み込んでうなずいた。

瀧寺雅臣。一世代前にヒットを連発した大御所シンガーソングライターだ。

「でも僕こんな曲聴いたことないですよ、ほんとうです」

動画の上に『ロンド・アンジェリコ』と併記されている曲名は、『さよなら夢追い人』。タイトルさえ聞いたことがない。

「そりゃ、十五年くらい前の歌だし、シングルにもなってねえし。俺だって気づかなかった。曲自体は、聴いたことはあったんだけどな」

和田さんはチーフプロデューサーでもあったから、もしこの一致に気づいていれば、デモテープの段階でぜったいに指摘したはずなのだ。

「で、で、どうするんだね」

社長が落ち着かなげにあごの下をぬぐって言った。

「この件、瀧寺さんは知ってるのかい」

「さあ」和田さんは唇をひん曲げた。「まだ知らないんじゃないですか。でもすぐだれかが耳に入れるでしょ」

「先にこっちから謝ろう、心証をね、少しでもよくしないと、ああそうだすぐに配信を停止しなさい、あとはアルバム回収ってことになるのかな、ああ、ううむ」

「社長！　待ってください、パクリじゃないんですってば！　偶然ですよこんなの！」

声が裏返りそうになった。配信停止にCD回収となればネット上だけの騒ぎではすまなくなる。僕にも盗作野郎の烙印《らくいん》が捺《お》される。いや、もう捺されてるのか？　耳の奥の方が熱くなってきた。和田さんがなにか言った。様子見しましょうとか、先方の対応を見ましょうとか、そんなようなことだ。

「ねえ、藪蛇《やぶへび》だったら馬鹿馬鹿しいじゃないですか。おいシュン、おまえもう帰れ、ネットに下手なこと書くんじゃねえぞ、なるべく雑誌の連中とかにも逢うなよ、とにかくしばらく縮こまってろ」

事務所を出てすぐに、携帯にメールが来た。リカコからだった。そうだ、マクドナルドであわただしく別れたっきりだった。番号交換したことさえも忘れていた。

こんな文面だ。

『ネットで話題になってるの見たよ。瀧寺さんと同じメロディ思いつくなんてマキタさんやっぱりすごいね！』

ポジティヴさしか含まれない言葉は、ときにどんな罵倒や愚痴や泣き言よりも残酷に胸を刺す。僕はメールを三回読んでから肩を落として携帯電話を閉じ、駅へと歩き出した。アスファルトから立ち上がる蒸し暑さに、夕立の気配がにおった。

僕が所属しているレコード会社は音楽配信サイトの運営がメインで、大手レーベルとたくさんつきあいがある。最悪なことに、瀧寺雅臣は、そんな取引先の一つの経営者だった。社長は気が小さいし、うちの制作部門はまだ芽も出ていないし、得意先の機嫌を損ねないように僕の新曲を犠牲にするなんてことは平気でやりそうに思えた。

部屋に戻った僕は、メールチェックもせずにウィスキーを二口あおってふて寝した。

どうせあちこちで盗作呼ばわりされているだろうから、ネットは見たくなかった。

眠れるはずがない。枕に顔をうずめていると、全身を雑巾みたいに絞られている気がしてくる。ちょっと舞い上がっていたら、あっという間にどん底だ。こんなろくでもない偶然にけつまずくなんて。

配信停止、CD回収、となったら、売り上げ不振よりもさらに悪い。漕ぎ出せもしないまま、風も読めないままだからだ。僕の進もうとしていた方角が正しいのか間違っているのか、なんの答えも出ないままに、また手探りの日々に戻らなきゃいけないからだ。そうなったら、もう一度オリジナルを創る気力が出てくるかどうか、わからない。

＊

翌日の昼、会社に呼び出された僕は、不安が最悪の形で的中したことを知る。

「先方から、電話あったよ」

和田さんが力なく言った。

「回収するなら穏便にすませてくれるそうだ」

僕は絶望してオフィスを見回した。机に積み上げられた資材や書類ケースの間から、社員たちが憐憫《れんびん》の視線を僕に注いできた。僕と目が合うと、すぐに電話をかけたりキーボードを叩いたりといった作業に戻る。

「パクってませんって、言ってないんですか」

「言える空気じゃねえよ。相手は瀧寺オフィスだぞ。ジャーマネだか誰だかが電話かけてきて、社長と事務的に喋っておしまいだ」

僕はオフィスの奥、ガラスドアの向こうのデスクを見た。社長の禿頭《はげあたま》がへこへこ動いているのが見える。まだだれかと電話しているのだろうか。

ほとんど無意識に、空いている椅子へ崩れ落ちていた。両膝に肘をのせ、顔を両手に押しつける。

「……ほんとに、『さよなら夢追い人』なんて知らなかったんですよ。偶然なんです。和田さんも僕がパクったと思ってんですか？」

つぶやきが、漏れたエンジンオイルみたいにぼたぼたと床を汚した。しばらくなんの返事もなかった。壊れかけのクーラーが遠くで咳《せ》き込《こ》んでいた。電話が何度か鳴って、社員が眠たげな声で応対していた。窓の外でいらだたしげなクラクションが鳴った。

いきなり肩をつかまれ、僕は顔を上げた。和田さんは僕を強引に立たせて社長室の方をあごでしゃくった。

「自分で言え。今、社長が瀧寺雅臣と電話してる」

「え、えっ？」

僕は半ば引きずられるようにして社長室に連れ込まれた。和田さんがガラスドアを開けると、社長は肩を引きつらせて電話口を手でふさいだ。

「いま瀧寺さんと電話中だ、後にして！」

「当事者なんだからシュンに説明させりゃあいいんじゃないですか」

和田さんはぶっきらぼうに言って、デスクの方に僕を押しやった。社長は受話器を耳にあてたまま唖然としていた。でも、電話の向こうの相手がなにか言ったのだろう、すぐに「あ、はい、はい、すみません、今その、ええ、ええ、当人が、はい、はい」とお辞儀連発を再開する。

やがて僕の手に受話器が押しつけられた。社長がデスク越しに顔を近づけてきて霧吹きみたいな声でささやく。

「失礼なこと言うんじゃないよ、とにかく平謝り！」

僕は汗ばんだ手で受話器を持ち上げた。

「替わりました。蒔田です」

『瀧寺です』

重たいしゃがれ声が言った。

『マキタって、ああ、あの曲、あんたか？　詞も？』

「はい」

絆創膏《ばんそうこう》とかさぶたを一緒に剝がしたときみたいな声になってしまう。

『事情はだいたい聞いたし、そっちの曲も聴いたよ。おたくがあの曲を引っ込めるならうちはなにも言わない。おれだって弁護士に話すのもめんどうなんだ』

「僕は、瀧寺さんのその曲を、聴いたことがなかったんです。偶然の一致なんですよ」

「蒔田くん！」

社長が悲鳴をあげた。僕はそれを無視し、デスクに背を向けて受話器を抱え込むようにしてしゃがんだ。

「聴いてもらったならわかると思います、そもそも似てるところってのは瀧寺さんの曲のサビと僕の曲のBメロだし、コード進行だってちがうんですよ。八小節かぶってるっていっても四小節の繰り返しだから倍かぶるのは当たり前だし」

『それは通らねえだろう』

瀧寺さんの声が低く潰れた。ぞっとする。

『おれのがF、G、C、Am、おまえのはAm、Em、Am、F、こんなの「ちがう」なんて言えるか。全部代用和音にしただけじゃねえか。入りのシンコペまで同じだ』

「どっちもよくある進行じゃないですか！」

「蒔田くんッ」

社長が僕にむしゃぶりついてきて受話器をひったくった。

「い、いやあ、はあ、申し訳ありません、いえ、いえ、うちとしてはもちろん、はい、すでに停《と》めています、すみません、いえそんなつもりは、はい、はい」

米つきバッタみたいな謝罪が繰り返される。電話で瀧寺さんと喋っている間よほど緊張していたのだろう、首筋がつっぱっていて、社長の声が奇妙にひずんで聞こえるくらいだった。ボキャブラリの桶《おけ》をひっくり返して見つかる限りの陳謝の言葉を拾って並べながら、ときおり社長は僕を恨みがましい目でにらんだ。なんだよ、僕が間違ったことを言ったっていうのか？　盗作なんてしていないことは僕自身がだれよりもよくわかっている。それを正直に説明しただけじゃないか。

＊

そんな憤りも、その後スタジオに出向いていつもの穴埋めレコーディング仕事をしているうちに萎《しぼ》んでいってしまう。同業者たちももちろんこの話題はみんな知っていて、けれど沈黙が賢いとだれしもわかっているので、作業中ずっと生ぬるい視線が僕の肌にまとわりつくことになった。耐えきれなかった。

シングル『ロンド・アンジェリコ』は配信サイトから削除されていた。僕に断りもなく、利用者への事情説明すらもなく。自室のノートPCでそれを確認した僕は、全身脱力して、ピアノの椅子から万年床へと転落した。真っ暗な部屋の天井を見上げながら、口の中の苦みを舌で転がす。

これで世間的には僕は盗作を認めたことになってしまう。僕がどれだけ吠《ほ》えようと、どれだけ噛《か》みつこうと。

あのハゲ社長、口ではああ言っていたけどCDは回収しないつもりかもしれないな、と思う。まだ増盤分はプレスされていないはずだから、市場に出回っているのはたかだか三千枚。今なら広まった悪名が話題を呼んで、さっさと捌けてしまうかもしれない。そういう小ずるい計算を、するときにはする人だ。つまり、会社にはあまりダメージはない。

僕だって、これまでのダウンロード数を考えれば、リリース前に予想していた額の倍くらいの印税を受け取れることになる。

せっかく瀧寺さんが穏便にすませると言っているのだ。下手に騒いで裁判沙汰になったら事務所から切られるかもしれないし、業界から干されるかもしれない。

なによりも、僕はくたびれきっていた。

枕の向こうに両腕を投げ出す。ちょっと伸びをしただけで骨という骨が軋《きし》んだ。ここ何日かまともに眠っていないし、気がつくと奥歯を噛みしめたり指を手の腹に食い込ませたりしていた。

もう休んでもいいんじゃないかな。どうしてあんなに無駄な抵抗をしたんだろう。自分を損ねるだけだって知っているくせに。

ふと目を上げると、窓ガラス越しの青い夜空を、一本の細い影が断ち割っている。枕元のギタースタンドに立てた、愛用のテレキャスターだ。ねえ蒔田シュンくん、と僕はそのギターに向かって語りかける。きみはたぶん戦うのに向いてないんだよ。受話器を引ったくられないようにきつく握りしめながらロートル歌手と口げんかを続けるとか、そういう類いの戦いだけじゃなくてさ。自分の金貨で兵を雇って、自分の旗を掲げて、自分の領地を守ったり押し広げたりするために血を流す、そういうのに生まれつき向いてないんだ。そもそも、なんとなく潜り込んだ業界じゃないか。だから、蒔田シュンくん、最初から突っ張らなければいいだけだよ。名前が表に出ない仕事だけでこれまでなんとか食ってきたじゃないか。目立つ仕事が美味しい仕事じゃないってよく知ってるはずじゃないか。今はあきらめて目を閉じて、雨雲が過ぎるのを待って、明日晴れたら、これまで通りの繰り返しに戻ればいい。

目を閉じても、眠りはやってこなかった。

手足は疲労感で切り刻まれて感覚もないくらいなのに、喉の奥の方に奇妙な形の熱の塊がつかえていて、僕を何度も揺り起こした。それはちがう、と。そうじゃない、そんな問題じゃないんだ、と。僕が意識を手放そうとするたびに何度も、何度も。

もう一度目を開く。

暗闇の中に、フェンダー・テレキャスターの荒削りで無防備なシルエットがさかさまにそびえている。きみの声かい？　と僕は問いかける。眠ろうとする僕をいちいち引っぱり戻すのは、蒔田シュンくん、きみの声なのかい？

ギターよりも先に僕は自分で答える。もちろん僕の声だ。

毛布をはねのけて起き上がる。

そのとき、僕を包んでいた暗闇が震えて、かすれた音をたてる。視界の端で虹色の光が明滅する。携帯電話だ。

『蒔田さん？　ねえサイトから蒔田さんの歌消えちゃってるよ、どうしたの？』

電話の向こうでリカコは泣き出しそうな声で言った。

『だって、パクリなんてしてないでしょ、なんで消したの？』

「……瀧寺オフィスから電話があったんだ。それで、穏便にすませるっていうから、社長が配信停めたんだ」

『そんなの認めたの？　おかしいよ、なんで？　そんなに面倒起こしたくなかったの？　そういう問題じゃないでしょ、わたし絶対赦《ゆる》さないから！　ねえ、蒔田さんのあの曲、わたしに勝ったんだよ？　わたしまで一緒にばかにされてるんだよ、わかる？』

わかるよ、と僕はかすれた声で答えた。これはもっともっと単純な問題なんだ。でも激昂したリカコには聞こえなかったようだ。一方的にまくしたてた後で彼女は電話を切った。僕は暗闇の中、じっとりと汗ばんだ手で黙り込んだ携帯を握り、液晶画面が光を失うまで見つめていた。

和田さんの番号にかける。呼び出し音を数えながら、窓の外に月を探す。いま何時くらいだろう。新しい日がやってくるまでに、どれほどの時間があるのだろう？

『……なんだ』

和田さんはいがらっぽい声で不機嫌そうに言った。

「昼間は、すみませんでした。頼みたいことがあるんです」

『言ってみろ』

「瀧寺雅臣にアポをとってくれませんか。僕じゃ相手にしてくれないだろうし」

『直接謝ろうってのか』

「謝るつもりなんてないです。盗作なんてしてないんだから。ただ、ちゃんと面と向かって説明したいんです。なにも話してないも同然だったから」

なにを？　という自問に、僕は答えられない。伝わりそうな言葉なんてひとつも思いつかない。それでも、黙って縮こまっているわけにはいかない。

『なにをどう説明すンだよ。どうせ相手をますます怒らせるだけだ』

「それでもいいです」

僕は携帯を左手に持ち替え、汗ばんだ手を膝でぬぐった。

「これはプライドの問題です」

電話の向こうで、長く鼻から息を吐く音が聞こえた。僕ははっとする。それは和田さんが苦笑するときの癖だ。

『その言葉を待ってたんだよ。早く言え馬鹿野郎』

アポとれたら電話する、と言って和田さんは通話を切った。

僕は携帯を閉じると、Tシャツの上から肋骨《ろっこつ》の間を指でたどり、さっきまで胸をふさいでいた熱の塊を探した。

もう、どこにもない。

肉に染みこんで広がってしまったのだ。今は指先までがぼんやりと熱い。

*

翌日の昼すぎ、僕は音楽雑誌の細かい仕事を二つばかりすませると、出先からそのまま渋谷《しぶや》に向かった。道玄坂《どうげんざか》の先にある大きなコンサートホールが、面会の場所だった。

大ホールはほとんどの照明が落とされていて、フットライトだけがのっぺりしたホリゾントを照らしている。舞台の手前にわだかまる深い闇はオーケストラピットだ。それをのぞき込む最前列の客席の中央に、ぽつりとひとつだけ人影があった。息をひそめて階段通路を下りながら、僕はふと、映画の『コーラスライン』みたいだな、と思った。暗がりのシートに身を沈めて舞台をにらみ、ひとの未熟な夢を片っ端からひねり潰していくマイケル・ダグラス。

僕が最前列まで下りきったところで、ようやく人影はこっちを向いた。瀧寺雅臣は、マイケル・ダグラスよりもずっと線が細く、頰がこけていて、きつく脱色した髪はぴったりと頭に張りついて全体の輪郭をいっそうシャープに見せていた。目尻も鼻筋も若々しい。この業界特有の年齢不詳さだ。たしか五十を過ぎていたはず。第二ボタンまで外した青いワイシャツの襟元には、品のいい小さなロザリオが光っている。

「はじめまして。蒔田です。昨日の電話では失礼しました」と僕は頭を下げた。「お時間つくっていただいて、ありがとうございます」

「べつにいい」

瀧寺さんは猫の舌みたいにざらりとした声で言って、また舞台に目を戻した。

「ミュージカル書く前は、こうやって一時間くらいステージをぼうっと眺めることにしてる」

「それは、お邪魔だったんじゃ」

「邪魔してると思うんならさっさと用件をすませろよ」

僕は畏縮し、咳払《せきばら》いした。

「僕の新曲のことです」

「そっちの社長からは、直接謝りたいから、って話だった」

和田さん、けっきょく社長をつてにしてアポをとったのか、と僕は肝を冷やす。しょうがない。それしかなかったのだろう。結果的に、社長に嘘をつかせることになってしまった。

「謝りにきたわけじゃないんです。だますような真似《まね》をしてすみません」

「だろうな」

僕は首をすくめる。見抜かれていた。

「電話でわめいてた以上の言い訳は、なにか用意してきたのか」

「いえ」僕は口ごもる。「言いたいのは、あれだけです。『さよなら夢追い人』は聴いたことがなかったし、メロディが一緒なのは偶然です」

「証拠はないだろう」

「証拠なんて！　そういうのは、盗作だって言い出した方が見せるものでしょう」

「おれが言い出したわけでもない。言い出したのはネットの連中で、配信を停めたのはそっちの社長だろう。おれに言ってどうする」

「それはそうですけど。じゃあ、配信再開しても瀧寺さんはなにも言わないんですか」

「黙ってるわけないだろう。いいか、おれの昔のファンから、もう山ほど電話やメールが来てるんだよ。ありゃ瀧寺の歌じゃないのかって。ほっとけると思うのか」

僕は一瞬、平衡感覚を失って、椅子の背に手をついた。

「おまえが突っ張るのは勝手だが、裁判くらい覚悟しとけ」

裁判だって？　勝てると思ってるのか？　八小節分のメロディが一致しただけで剽《ひょう》窃《せつ》だなんて判決を出す裁判官はこの国のどこにもいないぞ？　僕の胸の内側でふくれあがった憤りは、すぐに乾ききってぼろぼろに崩れ始める。そんな問題じゃない。盗作なんてしていない、という当たり前の事実を司法に認めてもらっても、なんにもならない。裁判が続く間、僕の歌は塩漬けにされ続けるし、蒔田シュンという名前は泥で汚され続ける。損害賠償でいくらむしりとったって、失った時間と熱は取り戻せない。じゃあいったいどうすればいいんだ。僕はなにをしにここにきたんだ？

そのとき、僕の耳がつうんと痛んだ。

ホール内の気圧が変わったのだ。瀧寺さんも首を巡らせている。どこかの扉が開いたのだろうか。

視界の隅に光の筋が引っかかる。舞台上手側の非常口だ。ゆっくりと閉じていく防音扉の前に、小さな人影がある。

歩み寄ってくるにつれ、舞台からこぼれた光がその姿を浮かび上がらせる。

英字新聞柄の短いTシャツにローライズのデニムパンツ。夏そのものが薄闇をこじ開けて入ってきたみたいだ。リカコだった。たしかに、海野リカコだった。僕と目が合い、彼女は立ち止まって口に手をあてる。

「蒔田さん？ なんでいるの？」

それはこっちのせりふだ、と言おうとして、声が縮み上がった喉につっかえて、僕はむせ込んでしまう。

「デラさんに直談判《じかだんぱん》にきたの？」とリカコは瀧寺さんを無遠慮に指さす。「手ぶらで？ なんの準備もなしで？ だめだってば、その人ものすごい石頭だし話通じないし」

「うるせえよ。おまえこそなにしにきた」

瀧寺さんはあからさまに不機嫌そうにシートに深々と身を沈めた。この二人、知り合いなのか、と僕はこっそり見比べる。そういえば、音楽番組で共演しているのを何度か見たことがある気がする。

「デラさんをぶん殴りにきたの」

リカコは僕の脇を通り過ぎて、オーケストラピットと瀧寺さんとの間に立った。

「あのね。昨日、またあのサイトで『ロンド・アンジェリコ』がわたしのシングル抜いて一位になったの。パクリ騒ぎで話題になったから。その後すぐ配信停止。わかる？ デラさんのせいで二度とリベンジできなくなっちゃったんだよ」

あきれと驚きのせいで、僕の喉から息が漏れ出る。そんなガキみたいな理由で乗り込んできたのか。

「なんでおれのせいなんだ。あっちの会社が勝手にやったことだろうが」

「じゃあ電話して、配信停めなくていいって言ってよ」

「それとこれとは話がべつだ。おれはあのパクリ曲が世の中に垂れ流されるのを認めるわけにはいかないんだよ」

耳鳴りがしてきた。瀧寺さんの口からはっきりと盗作だと言われたのは、これがはじめてだ。けっきょく、そうなのだ。僕の言葉なんて信じてもらえるわけがなかった。

「デラさんの曲もパクリだよ」

リカコの言葉に、僕も瀧寺さんも、逆光になった彼女の顔を凝視した。

「蒔田さんがパクった証拠は、ないでしょ？　わたしの方は証拠あるよ。持ってきた」

「なに言ってんだおまえ」

瀧寺さんの言葉を遮って、リカコはポケットから折りたたんだ紙束を引っ張り出した。

僕の手に押しつけられる。

「蒔田さん。弾いて」

「え？」

「それ、弾いて」

リカコが指さす先は、オーケストラピットの指揮台の右脇、闇にほとんど同化してうずくまるグランドピアノだ。

＊

不思議な楽譜だった。セロファンテープでひとつなぎにされた八枚のA4用紙にびっしりと五線が刻まれ、音高だけを示す黒玉が等間隔で浮いている。小節の区切りさえもない。いちばん奇妙な点は、音符の一つ一つに数字が振られていることだった。運指番号でもない。なぜなら6より上がしょっちゅう出てくる。

3141592653589793２……

リカコに言われるままにピアノの椅子に座ったのは、彼女の真剣な目つきに気圧《けお》されたこともあるけれど、なによりもその楽譜の異様さに惹《ひ》かれたからだった。魅せられた、といってもいい。

「おい、なんのまねだ。パクリってなんの話だ」瀧寺さんが言った。「おれだってただ時間潰してるわけじゃねえんだ。伴奏つきで与太話を聞く気なんてねえよ、さっさと出てけ」

「だから、盗作の証拠があるの。蒔田さん、はじめて」

オーケストラピットに身を沈めた僕からは、手すりの向こうに白々と浮かぶリカコの細い脚しか見えない。だから鍵盤に向き直る。瀧寺さんが盗作？　じゃあこれが元の曲なのか？　それにしたって、そもそもこれは曲になっていない。音長を表す要素がまったく省かれた、不完全な譜面だ。単音進行で和声もない。

だからこそ、僕の指は鍵盤に吸い寄せられる。3、と振られたEの音を静かに叩く。そこから足下を手探りし、光を塗り広げるようにして、ハ長調のささやかな足場が現れる。旋律がオクターヴ上に跳ねあがったときに、僕の左手は自然に動いた。和声を嗅ぎとり、応唱を紡ぎ出す。もどかしい旋律だ。人の手のにおいがしない。風の音、川の流れ、雲のちぎれる様、息絶えたまま軌道を巡る人工衛星、そういったものをじかに音符に写し取ったみたいだ。僕の左手はそこにいくつもの問いかけを打ち込む。変ロ長調の翳《かげ》りやハ短調の闇を忍ばせる。どれほど和声を揺らがせても、旋律は澄みきったままだ。これはなんだろう。いったいなんの曲だろう。僕はたしかにこの旋律を知っている。魂の深いところに刻みつけられているのがわかる。

「……この曲はなんだ」

僕を浸した暗闇のずっと上の方で、だれかの声が僕の疑問に重ねられる。女の声がそれに答える。

「円周率」

「円周率？」

「そう。円周を直径で割った答えはいつも一定で、３・１４１５９……」

「それくらい知ってる。馬鹿にしてるのか。この曲はなんだって訊いてるんだ」

「だから、円周率の音楽」

僕には、すでにその意味がわかる。ごく単純なことだ。小数点以下、無限に続く円周率の桁に現れる１２３４５６７８９０の十種の数字を、ただ機械的にハ長調音階に置き換えただけの譜面なのだ。それだけなのに、僕の指が、眼《め》と耳が、心臓と肺までもが、次の一音を望み、たぐりよせようとする。音が音を、その次の音を、さらに次の音を求める、そんな渇望の連なりの力学が音楽の正体だとするのなら、この数学定数の中にもたしかに音楽が息づいている。

でも、それがどうしてここまで美しいんだろう。

「だからどうした」

男が吐き捨てた。

「それが――」

「静かに聴いて、デラさん。ほら、もうすぐ」

もうすぐ？

理解するよりも先に、僕の身体がそれに気づく。

無意識にイ短調の長大なアルペッジョのアーチをかけて、不意に現れたその旋律を迎え入れる。オクターヴで高らかにピアノを歌わせながら、僕は呼吸のしかたさえ忘れそうになる。『ロンド・アンジェリコ』だ。聞き違えるはずもない。リフレインするBメロだ。どうして？　どうしてこんなことがあり得る？　円周を直径で除算しただけの、だれが創ったわけでもない無限小数の中に、なぜ僕が——そして瀧寺さんが——創り出した旋律が現れるんだ？

「円周率の小数点下には、0から9までの数が、無規則に、無限に、並んでいるの。どういうことかわかる？　どんな数の並びも、円周率をどこまでも深く深く掘り進んでいけば、いつか必ず現れるんだよ」

彼女の声が恍惚《こうこつ》として聞こえる。

僕のピアノが打ち鳴らす『ロンド・アンジェリコ』は、すぐに激しい雨のような未知の旋律の中に飲み込まれる。中声部の重和音は僕の胸を突き破ってあふれ出てくる動脈血みたいだ。

「だから、どんな音楽もこの中に含まれてる。一六七九二桁目には『ミゼレーレ』が、九八七五一三桁目には『パルシファル』前奏曲が、七七四八〇一二二九桁目には『ジョニー・B・グッド』が出てくるの。もちろん、わたしが書いてきた曲も全部。わたしの言ってること、わかるよね？」

わたしたちがこれまでに創ってきたどの歌も、これから創るはずのどんな歌も、神さまがとっくの昔に書いた音楽なんだよ。

彼女の声は、僕のピアノの合間に散らされたタンバリンみたいだ。

神さまの音楽。

それは嘘だ。僕の中の固く冷えたままの理性が、彼女の詭弁《きべん》をせせら笑う。円周率が美しいわけじゃない。十種の数字をC音から順番に割り当てれば8と9と0は一オクターヴ上のドレミを担うことになり、ハ長調を形作る最初の三音が現れる確率は他の四音の倍となり、だからこの円周率の音楽はどこまでいっても力強くハ長調の地平を踏みしめ続けるのだ。円周率が美しいんじゃない。美しいのは長音階そのものだ。それは、オクターヴの間に無限に存在したはずの音をわずか十二だけ残してすべて虐殺し、あるいは様々な土地の民それぞれが育んだあらゆる音階を蹂躙《じゅうりん》して、みずからの王国を築いた孤独な支配者の音階だからだ。神さまじゃなく、人が創りあげたものだ。

でも、それがどうしたっていうんだ？

僕の両手から湧き出る旋律が際限なく分岐し、せめぎ合い、やがて離陸する。黒鍵の鋭い感触が右手の指に痛いほど返ってくる。もう譜面は打ち寄せる波にしか映らない。僕らが過去にも未来にも生み出すどんな音楽も、すでにだれかによって書かれている。そんなことはとっくに知っている。それでも僕らは歌い続けてきた。彼女が神さまの音楽と呼ぶ巨大ななにかから、自分の魂と感覚と骨を鑿《のみ》にして、歌をえぐり出してきたのだ。それを自分の歌だと証せるものは、それぞれの手に握られた血まみれのプライドしかない。

＊

ふと我に返ると、音楽は途絶えていた。重たい律動だけが、熱っぽい暗がりの中で続いていた。それが自分の鼓動だと気づくのに、かなり時間がかかった。楽譜は譜面台から消えていた。いつの間にか足下に落ちている。拾おうとすると二の腕が引きつって痛んだ。どれだけの間、弾き続けていたんだろう。

立ち上がり、オーケストラピットを見回す。今は闇の底に椅子が扇形に並べられているだけだ。音楽は、どこにもない。

リカコはピットと客席を隔てる手すりにもたれて僕を待っていた。僕が階段を上がっていくと、かすかに唇を曲げてうなずく。頬が上気しているのは、暑さのせいだけじゃないだろう。瀧寺さんはシートに身を沈め、ポケットに両手を突っ込み、眉根にしわを寄せてステージをにらんだままだ。

声を出そうとすると、喉の内側が引っ掻《か》かれたように痛む。

「ご静聴ありがとうございました」

我ながら間抜けな言葉しか出てこない。両腕も両脚も萎えきっているせいだろうか。

「……なにしにきたのか、自分でもよくわからなくなりました。すみません。瀧寺さん
瀧寺さんになにかしてほしいわけじゃなかったみたいです」

瀧寺さんの目は、オーケストラピットの上あたりにまだわだかまっている熱気に向けられる。僕は唾を飲み込んで言葉を続けた。

「会社がどうするのかわからないけど、『ロンド・アンジェリコ』は僕の歌だし、どんな形でもいいからまた発表しようと思います。ああ、ええと」

彼の目がこっちに向けられそうな気がして、僕の身体は無意識に横へ泳いでしまう。

「裁判とか、大変そうですけど、それくらいの覚悟もしてるし、できればやめてほしいなって思うけど、そのう」

ろくな言葉が続かなかった。なんだろう。これでいいんだろうか。まだなにか、大切なことを言い忘れている気がする。

「大事なこと言い忘れてるよ、蒔田さん」

リカコが僕の背中を叩き、それから瀧寺さんに指を突きつけて言った。

「デラさんのより蒔田さんの方が百倍いい曲だからね」

「やめろってばッ」

僕は泡を食って、リカコの腕をつかみホールを逃げ出した。

＊

「いい演奏だったよ！　途中からほとんどアドリブだったよね」

道玄坂まで出たところで、リカコがはしゃいで僕の肩をひっぱたいた。

「ああ、うん、ありがと」

僕はくたびれきった声で曖昧に返した。ずっと暗いホール内にいたせいか、七月の太陽がちくちくと目に痛かった。排気ガス臭い焼けるような風を浴びせられ、ひどく喉が渇いていることに気づき、自動販売機でコーラを買って半分くらい一気に飲む。

「ところで、その、なんで来たわけ？　忙しいんじゃないの？　そろそろツアーじゃなかったっけ」

「うん。明日から札幌《さっぽろ》ドームだからほんとは今朝フライトだったけど、蒔田さんが心配だったし、あの楽譜のこと思いついちゃったし、わがまま言って出発ずらしたの」

ほんとにわがままだな。なんでそこまで僕にかまうんだか。

「言葉で伝わらないものを音楽で伝えるのがわたしたちの仕事だもんね」

そう言うとなんとなくかっこいいけど、あんなのただの詭弁じゃないか。

「でも、よくもまあ――」僕はため息混じりに言う。「僕の曲が都合良く、円周率のあんな場所に隠れてたもんだ」

「あ、あれ全部うそ」

僕はコーラを噴き出しそうになった。

「うそ？」

「うん。やだなあ信じてたの？　ミゼレーレとかパルシファルとかも全部でたらめ。あんなの瀧寺さんだって後から確かめられるわけないし、はったりで言ったの。あの楽譜も円周率なのは最初の方だけだよ。後はわたしが書いたの」

いい曲だったでしょ？　とリカコは笑う。僕は唖然として下り坂の歩道の途中で立ち尽くす。車が僕の右手を何台も行き交う。もわりと暑苦しい風が僕の身体を揺らす。

「だって臨時記号出てこないんだから全部の音楽が含まれてるわけないじゃない？　あとね、円周率が正規数だってことはまだ証明されてなくて――ああ、うん、とにかく、みんな嘘なの」

だから、あの即興曲は正真正銘、蒔田さんとわたしが創ったものだよ。神さま関係ないよ。リカコは心底嬉しそうに言う。

109ビルの手前でリカコはタクシーを拾った。

「じゃ、またね蒔田さん」

車が走り出し、窓の中で手を振る彼女の姿はあっという間に見えなくなる。僕はガードレールに腰掛け、ハチ公口《こう》に飲み込まれたり吐き出されたりする人の群れをながめ、何度も何度もため息をついた。

＊

その動画のことを知ったのは、三日後のことだった。真夜中にリカコが電話で教えてくれたのだ。

『え？　ああうん、いま大阪。そうライヴの打ち上げ中。後ろうるさい？　ごめんね、そうそれで蒔田さん、あの動画見た？　めっちゃ話題になってるよ』

ドームツアー中も動画投稿サイトのチェックを欠かさないのだから大したネット依存症ぶりだった。僕は電話を切った後でノートＰＣをつけて、リカコに教わったページを開いた。

それは、瀧寺雅臣のラジオ番組を、だれかが録音して勝手にアップロードしたものだった。

『……じゃあ、ちょっと、話題の曲を演ります』

瀧寺さんのぼそぼそした声に、くっきりしたギターストロークが続いた。スタジオにギターを持ち込んでの即興弾き語りだろう。だから最初はなんの曲かわからなかった。サビまでたどり着いたとき、僕は息を呑む。『さよなら夢追い人』だ。皮肉な偶然で僕と瀧寺さんを結びつけた、あの歌だ。スピーカーにしがみついて耳を近づける。

でも、歌詞がちがう。これは——僕の歌じゃないか。

瀧寺さんの少年めいた柔らかい歌声が、そのまま『ロンド・アンジェリコ』のコーラスに足を踏み入れる。スピーカーに置いた手が震える。

そのとき、僕が抱いたのは、あまりにも悔しくて恥ずかしいのだけれど、こういう想《おも》いだった。こんなにいい歌だったのか、と。自分の歌なのに、馬鹿みたいだ。動画につけられたコメントは砂嵐みたいな盛り上がり方だった。それはそうだ。騒動の渦中の当人が、騒ぎの元となった二曲をつなげて歌ったのだから。

でも、最高潮は歌が終わった後だった。ギターを脇に置いたらしき音の後で、瀧寺さんがぼそりと言った。

『おれが歌ってりゃ十倍売れてたな』

万単位の賛同コメントが画面いっぱいに吹き荒れた。

僕はノートPCを閉じて布団に身を投げ、枕に突っ伏した。反論のしようもなかった。だって、今見た動画の再生数は、『ロンド・アンジェリコ』のPVの再生数をとっくに抜いていたからだ。

しかし文句は言うまい。

動画ページの下の方には、親切にも、配信再開した『ロンド・アンジェリコ』へのリンクがはってあった。ありがたい話だ。もっともっと宣伝になってしまえ。

寝返りを打って、窓を見上げる。枕元に立つフェンダー・テレキャスターのシルエットの向こうの暗い空に、半月が見えた。どこかで犬が吠えている。アパートの前を車が通り過ぎ、排気音が遠ざかっていくのも聞こえる。目を閉じると、耳に残った歌声は、瀧寺さんのものなのか自分の声なのかわからなくなる。どちらにせよそれは、遠い昔にだれかがつぶやいて石に染みこんだ古い古い歌であり、今は僕の血を浴びてたしかに息づいている、新しい歌だ。

両極端クオドリベット

知り合いのベーシストが、酔っ払ったときにこんなことを話してくれた。

「ベースギターってのはさあ、いびつな楽器なんだよ」

スタジオミュージシャン歴が僕より十年も長い大先輩なので、普段は青臭い音楽談義などしないのだけれど、酒が入ったときだけは例外だった。バーのカウンターの隣にいた僕は、話が長引かないようにと混ぜっ返した。

「そりゃ、先輩の持ってるベースはいびつなのばっかりですよね。貝殻の形してるのとかバニーガールの形してるのとか」

「形の話してンじゃねえよ馬鹿」と彼は言った。「歴史の話だ」

歴史、と僕は絶望的な気分になった。長くなりそうな話だ。モーセがエジプトを逃げ出したあたりから始められたらどうしよう。朝までつきあわされるかもしれない。

「エレキギターができる前には、エレキじゃねえギターがあるだろ。エレキピアノの前にはエレキじゃねえピアノがある。でもベースにはない」

彼の言いたいのはどうやらこういうことだった。

ベースギターというのはエレクトリック・ベースギターとほぼ同義である。電気を通さずにちゃんと音が出るベースギターというものはない（正確を期せば、あるにはあるのだが、だいたいアンプで音を増幅して使われる）。なぜかというと、電気の力を借りずに低音を響かせるためには鯨の胃袋なみの巨大な共鳴空間が必要だからだ。ギターのように横にして持って弾けるほどの大きさでは、どうがんばっても使い物になるほどの音量が得られない。アコースティック楽器の音を電化したのがまともなエレクトリック楽器。ベースギターはそうではない。産まれたときからエレキだ。……と彼は熱っぽい口調で言う。

「だれだってグレる前は普通の子供なんだよ。それが自然だろ。産まれたときからグレてて不良乳児とかおかしいだろ。なんで赤ん坊のうちから煙草《たばこ》吸って先生殴ってバイク盗んでんだよ」

「おかしいですね」あなたが、とつけくわえそうになる。

そもそもエレキベースというのは、フェンダー社がエレキギターの製法をそのまま流用してつくったものだ。誕生の瞬間からグレているのは当然である。

「だいたい、なんでギターと同じ形にしたんだよ！」

彼はカウンターに拳を叩《たた》きつけた。紅《あか》くなっているのはどうやら酔いのせいだけではないようだった。バーテンダーが僕たちをにらんだ。

「なんでそんなことで怒ってるんですか」

「うちの娘がいまだに俺の仕事をギタリストだと思ってンだよ！」

今までのご大層な歴史の話はなんだったんだ、と僕はあきれる。

「べつにいいじゃないですか、そんなに遠くないし。うちの父親なんていまだに僕のことをレコード屋の店員だと思ってるんですよ、それに比べりゃ」

「よくねえよ。どっかのバンドのギタリストが脱けるたびに『お父さん入れば？』だぞ。腹が立つ」

「ちゃんとベーシストが脱けたバンドならいいんですか。ボン・ジョヴィに入ればって言われたら腹立たないんですか？」

「ますます腹立つにきまってんだろが！」

あんた娘にもっと尊敬してもらいたいだけだろ。

＊

どれだけ酒気が残っていても、朝帰りの駅のプラットフォームで見上げた太陽が何色でも、部屋に戻ってきたら必ずやるのがメールチェックだ。仕事の依頼が入っているかもしれないからだ。八畳間いっぱいに散らかった楽譜と楽器とCDをかきわけ、ピアノにたどりつき、譜面台の横に置かれたノートPCを開く。携帯電話のスケジュール帳と見比べながらメールを返信する。たまに楽譜が添付されていることもあり、余裕があれば少し弾いてみる。やがて眠気が堪《た》えがたくなり、目覚まし時計をセットして布団に崩れ落ちる。

スタジオミュージシャンはコネと評判がすべての仕事だ。免許も資格もないし、肩書きや表彰とも無縁、一回一回のスタジオでの仕事ぶりと顔つなぎだけが次のオファーを呼ぶ。僕は駆け出しで、仕事を選べる立場ではないので、盆踊り用のご当地音頭CDだろうが小学校の運動会用の音源だろうがなんでも請け負った。格別な演奏技術を持っていない以上は、「えり好みをしない」ことと「ひとりでなんでもやる」ことを売りにするしかなかったのだ。

でもやっぱり、名前がクレジットされる仕事は嬉しい。今日は二時からアルバムのレコーディングだ、と布団の中で思い返す。なるべくコンディションを戻さないといけない。三時間だけ寝よう。

アラームに叩き起こされ、羽化したての蛾《が》のように布団から這《は》って抜け出すと、熱いシャワーで二日酔いを洗い落とし、コーヒーを二杯たてつづけにあおり、ギター二本を担いでアパートを出る。

昼間に寝るやくざな職業の人間にとっては夏はほんとうにつらい。新宿で降り、うだるような暑気の渦巻く御苑《ぎょえん》脇を抜けてスタジオにたどり着く。ところがそんな苦労をしてきちんと時間通りにきた日に限って、前の使用者が押していてスタジオに入れない。しかもロビーで待っていた顔見知りのドラマーが不吉なことを言う。

「今日、両先生くるらしいぜ」

「ああ……そうなんですか。ついてないな」

僕はかなりの時間超過を覚悟した。両先生、つまり作曲者と編曲者が両方スタジオにくるということだ。

作曲者は映画でいえば脚本家、編曲者は映画監督みたいなものである。脚本家が撮影現場にきても邪魔になるだけ。さらには自作をいじくられることに不寛容な人だったりすると、けっこうな確率でけんかになる。

その日は灰皿が飛んで、レコーディングは夜の八時までかかった。

＊

翌日、その話をリカコにしたら、彼女は大笑いしてから言った。

「で、蒔田《まきた》さんはどっちの味方についたわけ？」

「止めたんだよ。きまってるだろ」と僕はタンブラーの日本酒をあおった。

「おっさん二人のけんか眺めて延長ギャラもらうなんてやだよ」

「それで怪我《けが》してるんだ」とリカコは僕の頬の絆創膏《ばんそうこう》をつついた。僕はまわりの視線が心配になって店内を見回す。湯気とたばこの煙でいっぱいの居酒屋は、大学生やサラリーマンで満席になっていてやかましかった。カウンター席の僕の隣に座っている女が、あの海野《うみの》リカコだと気づいている者はどうやらいないようだった。

彼女と知り合ったのは夏のはじめだった。僕のどのへんに興味を持ったのかはわからないが、それ以来たまにこうして飲みに誘われている。例のパクリ疑惑騒動さえなければ僕など口を利く機会もなかったはずだ。なにしろ、海野リカコは日本を代表するシンガーソングライターで、海外での受賞歴もいくつもある。

しかし、隣でマグロの兜焼《かぶとや》きをつつきまわしている彼女は、とてもそんなビッグネームには見えない。髪はラフに脱色して広がり気味のウェーブをかけてあり、シャツの肩口はずり落ちるんじゃないかと心配になるくらい大胆に開いている。スカートは、びりびりに裂いたデニムをそのまま無造作に腰に巻きつけたようなミニだ。サンシャインシティの地下あたりでアクセサリショップを冷やかしている女子大生みたいななりである。これで二十五歳バツイチなのだから見た目はまるであてにならない。この業界、奇妙に若い人間がよくいるのだ。

「この業界、変な人多いもんね」

リカコがまるで僕の内心をなぞるようなことを言う。

「みんな他人に口出しされるのきらいな人ばっかりだし。わたしもそうだけど。あはは。よくプロデューサーと大げんかするよ」

リカコもか。芸術家肌ってやつは始末に負えない。

「曲をいじられて怒るくらいなら、作曲者がアレンジもプロデュースも全部やりゃいいんだよ。実際そういうケースは楽だよ。現場で指示がころころ変わったりしない」

「蒔田さん、アルバム出したときアレンジも自分で全部やったんだっけ」

「うん。時間なくて頼める人もいなかった」

「でもプロデュースはべつの人じゃなかった？」

「うちのチーフの和田さん。プロデュースは……まだちょっとやれる気がしないな。なにしていいのかわからないよ」

「わたしもツアー終わったらセルフプロデュースでやってみる予定なんだけど」

「へえ」

僕もいずれプロデューサー業に進出できるものならしたいと思っていたので、ちょっと置いていかれた気分だった。おこがましい考えだ、と自分でも思う。置いていくもなにも、リカコはとっくに僕の二万マイルくらい先を走っている。

「蒔田さん、音楽プロデューサーってなにやる仕事なのか、ぱっと説明できる?」

僕は口ごもった。

実は、説明できない。うちの制作部長の和田さんならこう言うだろう。馬鹿野郎、ぱっと説明できるようならそもそもプロデューサーなんて要らねえんだよ。僕もその意見に賛成だったけれど、そんなつまらない返答はしたくなかった。徳利《とっくり》の残りをみんなタンブラーにあけてから、僕はまた口を開く。

「僕、大学は中退だし高校もほとんどサボってたからさ、全然勉強してなくて。最近、実家から高校の教科書が送られてきて、捨てようと思ったんだけど、ちょっと読んでみたらけっこう面白いんだよね」

リカコは首を傾《かし》げた。話のつながりがわからないのだろう。

「で、政治経済の教科書に、三権分立の話が載ってて。三権分立おぼえてる?」

「……モンテスキュー?」

「そうそう」

「おぼえてる。落書きしておばさんの顔にしたよ」

リカコの授業態度はどうやら僕とどっこいどっこいだったようだ。

「三権分立のさ、立法と司法はわかるんだよ。法律を作るのと法律で判断するのだろ。でも行政ってなに? そこだけ教科書の書き方がもやもやしてて、全然わからなくて。

リカコ、行政ってなんなのかぱっと説明できる？」

「政治を行うことでしょ？」

「もうちょっと具体的に」

「ううん」リカコは黙り込んでしまう。

「僕もこないだ調べて、はじめて知ったんだ。行政って、国のやることから立法と司法を除いた残り全部のことなんだって」

「へえ」リカコは箸をくわえたまま目玉をぐるりと回した。「それじゃけっきょく、なにするのかきまってないようなものだよね」

「うん。プロデューサーってそんな役なんじゃないかと思って」

「……あー。ああ、ああ」

リカコはまるで発声練習みたいに音階を変えて納得の声をあげてくれた。

「そっか。アーティストとかエンジニアがやらない仕事、全部やるのがプロデューサーかあ。すごいね蒔田さん。この話ラジオとかで使っていいかな」

「いいけど、でも――」

「でも役に立たないね、この話」

リカコが僕の言おうとしたことを先に言った。ばつが悪くなった僕は酒で言葉を喉の奥に流し込む。

その通りだ。けっきょくプロデューサーがなにをやる仕事なのかについては言及していないのと同じだ。他のだれもやらない仕事をやる、あるいは、やってくれる人間を見つける役職。だからひとくちには説明できない。人によっても、作品によっても、立場によっても仕事内容はまるで変わってくる。

「なにからやっていいかわからないから」とリカコは言った。「とりあえずセッションメンバー集めてるの。音合わせてみてから色々決めようと思って。わたしのソロじゃなくてユニットにするかも」

僕はいつの間にか空になっているタンブラーをカウンターに置き、横目でリカコの顔をそっとうかがった。今日いきなり飲もうと誘ってきたのはセッションメンバーを探しているという話をするためなのか？　つまり、僕を。

いや、まさか。

海野リカコだぞ？　グラミー賞ギタリストが向こうから共演しようと言ってくるような女だ。僕みたいな雪かき専門の半端ミュージシャンに頼むわけがない。むしろ頼まれたら困る。ハイレベルすぎる連中に囲まれて息もできなくなる。

「ベーシストだけ決まらないんだよね」

リカコがそう言うので僕は落胆しつつ安堵《あんど》していた。僕のことじゃないらしい。僕はベースはまったく本職ではない。

「蒔田さん、さっきからなんでテンション上げたり下げたりしてんの？」

いきなり訊《き》かれ、僕はぎょっとする。ほんとうに勘の鋭い女なのだ。

「べつに。なんで？」

ごまかすと、リカコは首を傾げ、焼酎のお湯割りを一口すすり、話を戻してくれる。

「ガンさんと演りたいんだけど、連絡つかないんだよね」

「ガンさんって……岩井邦彦《いわいくにひこ》のこと？」

「そう。引退したんじゃないかって言ってる人もいて」

岩井邦彦は、岩を音読みして「ガンさん」の呼び名で通っている、有名なベテランのベーシストだ。

といっても名が知れているのは業界内でだけである。若い頃にいくつものバンドを渡り歩き、やがて独立。多くのミュージシャンからそのグルーヴとスタイルの広さを信頼され、レコーディングやツアーメンバーに引っ張りだことなった。僕にとっても憧れの人だ。ベースラインをサンプリングしたこともある。

「そういや最近ぜんぜん名前見かけないな。引退？　まだそんな歳《とし》じゃなかったと思うけど」

「去年くらいに身体《からだ》壊して、スケジュールぜんぶキャンセルしたんだって。メールも返事ないしサイトも止まったままだし。あの人、完全にフリーでマネージャーとかもいなかったみたいで、今どこでなにやってんのかだれも知らないの」

「ガンさんじゃなきゃだめなの？」

「だってもう頭から離れないよ。これはもう恋だよ」

リカコはハンドバッグからｉＰｏｄを取り出して、イヤフォンを僕の両耳に押し込んだ。彼女のひんやりした指が頰に触れたので、僕はどきりとする。

でも、音楽が始まったとたん、僕はその感触と熱を忘れてしまう。居酒屋の喧噪《けんそう》が足下に遠ざかる。天地がひっくり返って星空に吞《の》み込まれたみたいだ。暗闇の底で太い血管が脈打っている。ジャムセッションかなにかだろう、ドラムスにもギターにも錆《さび》と汗の味がにじんでいる。スタジオの空間いっぱいに充満して融合と破裂を繰り返すサウンドの泡が見えるようだ。そこに突き刺さるシャウト。オーバーダビングされた、リカコの声だ。骨にまで染みてくる。おそらく、どこからか手に入れたセッションの録音に勝手に自分の歌をかぶせたのだろう。

曲が終わり、イヤフォンを外してからも、僕はしばらく自分の座っているそこが居酒屋のカウンター席だということを思い出せずにいた。

「なるほど」

そんな間の抜けた言葉しか出てこなかった。

なるほど。

これは、他のベーシストなんて考えられなくなってしまう。僕の明日からの仕事にも差し障りがありそうなくらいだ。

＊

一週間後、ガンさんの消息は意外な筋からあっさりと知れた。

瀧寺雅臣《たきでらまさおみ》に聞いたのだ。

雨降って地固まるというわけでもないだろうが、例のものめごと以来、僕は瀧寺さんに名前と顔を憶《おぼ》えられたようで、いくつか仕事を回してもらっている。その日の昼間、僕が自室で寝ているときにかかってきた電話も、レコーディングの打ち合わせだった。用件が終わってから、ふと思い出して訊いてみる。

「瀧寺さん、たしか昔、ガンさん——岩井邦彦さんとユニット組んでませんでした？」

『それがどうした』

彼の声は、顔の見えない電話越しだと険しさが三割増しだった。

「最近ガンさんと連絡がとれないらしくて、なにか知ってないかと思って」

『おまえが岩井になんの用だ。仕事頼もうってのか？　無理だ、あきらめろ』

「いや、僕じゃなくてリカコが——あ、あの、知ってるんですか？」

『岩井はガンだ』

「知ってますけど。ガンさんのことですよ」

瀧寺さんは舌打ちした。

『だから、ガンなんだよ』

なんで当たり前のことを繰り返すのか訊こうとして、僕は気づき、言葉を呑み込む。

携帯電話を左手に持ち替え、汗ばんだ右手と右耳の湿り気を払う。こんな馬鹿馬鹿しい駄洒落《だじゃれ》の形で知りたくなかった。

『胃癌《いがん》だ。全摘したらしい。仕事はもう請けてない。死ぬ前にヨーロッパじゅう旅行して回りたいとか言ってたが、月の半分は抗癌剤打って動けないらしいから、無理だろうな。サーフィンにはたまに行ってるらしいが』

声を出そうとすると喉が痛んだ。

「……癌、もう、ひどいんですか？」

『まだわからん。スキルスってたからな……。次にまた腹あけて、腹膜転移してたらおしまいだろう』

凝り固まった息を吐き出す。リカコになんて言おう。瀧寺さんから伝えてもらおうか。いやいや、どんな筋合いでそんなこと頼めるっていうんだ。

『リカコがどうしたって？』と瀧寺さんが訊いてくるので、彼女の次のアルバムに岩井邦彦を迎えたがっていることを話した。他のベーシストは考えられない、と。

『だから、あきらめろ。おまえもプロデュースすんなら使うプレイヤーは何人か候補を見繕っとけ』

「べつに僕がリカコをプロデュースするわけじゃないですよ。そんな大役が回ってくる身分じゃないです。あいつ自分でやるらしくて」

『それで岩井にこだわってンのか？　ふん。たしかにリカコがのめり込みそうなサウンドだがな。あんなやつは大したことないぞ。あの程度のベーシストなら、あと二十年くらいのうちに一人か二人は出てくる』

最大限の讃辞《さんじ》にしか聞こえないのだが黙っておく。そうか、癌か。しかたない、気が重いけれど、リカコには事実を淡々と伝えることにしよう。さしもの彼女もあきらめるしかないだろう。

ところが瀧寺さんは不吉なことを言う。

『リカコならごねるかもしれない』

「ごねる、って。だって、さすがに無理言えないでしょう」

『あいつはその無理を言うやつだ。だからプロデュースなんてやらねえ方がいいんだ。まわりに迷惑だからさっさとだれかに任せろって言っとけ』

ふと僕は気になって訊いてみた。

「プロデューサーって、要するになんなんでしょうか」

ストロー越しの風みたいな呆《ほう》けた雰囲気が電話から伝わってきた。

『なんの話をしているんだおまえは』

当然の反応だった。僕はわざとらしく咳《せ》き込《こ》んでから説明を加えた。最近リカコと「プロデューサーとはつまりなんぞや」という話をして、結論が出ず、ずっと頭に引っかかっていたのだと。

瀧寺さんは鼻を鳴らした。

『辞書引け馬鹿。おまえらが好き放題吐き出したものを使って、商品《プロダクト》を組み立てるのがプロデューサーだ。売り物にするのがおれたちの仕事だ。そんくらい知っとけ』

納得してしまった僕だが、電話を切った後で英和辞典を引いてみたら、とくにそんな意味はなかった。僕らが普段使っている意味でのプロデューサーは、すでに和製英語の領域だったのである。こりゃあ意味がわからないわけだ。

＊

瀧寺さんの予想していた通りだった。リカコに電話してガンさんのことを話したら、彼女は即座に言った。

『よかったあ、生きてたんだ！』

まずその言葉が出てくるところがすごい。どういう頭の構造をしているんだろう。

「胃癌なんだよ？　胃袋ぜんぶ摘出して今も抗癌剤漬けだって」

『手術成功したってことでしょ？　よかった！』

僕はあきれて黙る。

瀧寺さんの話からすると、ガンさんは一命を取り留めたということになるのだろう。しかし、たしかスキルス性の胃癌というのは一番やばいやつだ。たいてい発見が遅れて、胃を摘出しても腹膜に転移していて、そのまま死に至る。

『ベースもきっと弾けるよね』

サーフィンできるくらいならベースも弾けるだろうが、そんな問題じゃないだろう。

「あと何年保つかって身体なんだよ。ガンさんのことはあきらめた方が」

『なんで？　だって生きてるんだよ？』

ありがとう蒔田さん、それじゃあとは自分でなんとかするね、と言ってリカコは電話を切った。

僕は手のひらの中で沈黙した携帯電話をしばらくじっと見つめた後で、布団に寝転がった。楽譜と雑誌が乱雑に積まれた部屋の床には、じっとりとした暑さが固めた油みたいにたまっていたけれど、窓を開ける気にも冷房をつける気にもならなかった。

だって生きてるんだよ？

リカコの言葉を反芻《はんすう》しながら、僕は思い返そうとした。死について最後に考えたのはいつだったろう？

たいていの若くてそれなりに健康な人間と同じように、僕も普段は自分が死ぬことについて考えない。より正確にいえば、考えないようにしている。

ときおり、なんの前触れもなく死が思考に入り込む。洗面所で石鹼《せっけん》を排水口に落としてしまったときや、横断歩道を渡りきる寸前で信号が点滅をはじめたときや、スタジオの防音壁の規則正しく並んだ穴をぼんやり数えているときだ。その体験は、ふと気づいたら自分の身体がびっしり藻に覆われていたみたいな恐怖だ。笑えない冗談だが、死ぬほど怖い。

けれど、ガンさんの病をリカコに伝えた今、僕はその藻に包まれながら、これまでとはちがう死の手触りを感じていた。握ったギターのネックみたいにソリッドで、指先に食い込む鋼弦のように具体的だった。つまり、こういうことだ。

寿命があと何ヶ月もないとして、それでも僕はスタジオミュージシャンという仕事を続けるだろうか？

僕が音楽をやっているのは第一に生活費のためだ。だから、今後も生きていかなければいけないという前提を取っ払われると、仕事をする理由の大部分は消える。

第二に、評価されたいからだ。僕に対する評価は売り上げとかオファーの増加といった形でかなり遅れて表れるので、見届ける前に死ぬとなったらやはり理由のかなりの部分は消える。残ったわずかなプライドを握りしめて白鳥みたいに息絶えるまで歌い続けられるだろうか。

わからなかった。目を開くと、天井にへばりついた剝《む》き出しの蛍光灯が見えた。白く濁った管の端が黒ずんでいた。そろそろ交換しなきゃな、と考えた時点で、もう僕に死を想《おも》う資格はなかった。だって、生きているのだ。

＊

それからしばらくは、死のにおいとも岩井邦彦という名前とも無縁の生活が続いた。次にリカコに逢《あ》ったのは、彼女がヨーロッパ八カ国ツアーに出かける直前、七月末のことだった。

携帯に電話がかかってきたとき、僕は新宿駅北の大ガード下をくぐって歌舞伎町《かぶきちょう》の方へ抜けるところで、彼女もちょうど新宿駅新南口からサザンテラスに出たところだというので、タワーレコードのそばにある行きつけのラーメン屋で落ちあうことにした。

前の日の雨が照りつける陽射《ひざ》しであらかた乾き、息苦しいほどの暑さだった。道ばたでホームレスが並べ売りしている雑誌の表紙に陽が反射して目に痛かった。ラーメン屋かよ、と僕は絶望にひたった。だがリカコの要望なのだ。それに、丼のスープからたちのぼる湯気を想像するだけで汗の量が倍になるのは、たぶん生きている証拠だ。

「ガンさん、ほとんど話も聞いてくれなかった」

ラーメン屋のテーブルに向かい合って座るなり、リカコは言った。

「家にも何度も行ったし、サーフィンやってる場所も調べ上げて押しかけたのに」

「……水着で？」

「水着で」

どうりでキャミソールの肩紐《かたひも》のあたりの日焼け痕がくっきり太いわけである。

「ガンさん、すごく迷惑そうだった。でも三顧《さんこ》の礼《れい》っていうじゃない？」

「その熱意は他のベーシスト探すのに使ったら？」

「本気で言ってるなら蒔田さん二度とご飯にも飲みにも誘わない」

「悪かったよ」

僕はコップの水を半分飲んだ。氷が唇に痛かった。

リカコが岩井邦彦のベースをあきらめるわけがない。それは、あの日ジャムセッションの録音を聴かされたときに理解してしかるべきだった。いくつもの無理をあきらめたくないから自分でプロデュースするのだろう。

「ガンさん、めちゃくちゃ痩せてて干物みたいだった。おまけにお腹《なか》にでっかい手術痕があって、あれ、海水がしみたりしないのかなあ」

「医者に止められたりしてないのかな」

「蒔田さん、あと一年で死ぬとして、医者に好きなことやめろって言われたら言う通りにする？」

　いきなり質問で斬り込まれ、僕は少しうろたえ、気持ちの揺れを隠すためにコップの残りの水を飲み干した。

「そのときになってみないとわからない」

　出てきたのは、正直でつまらない答えだった。リカコは唇をすぼめ、しばらく考えてから、店員を呼んで塩ラーメンを二つ注文した。

「わたしは絶対にいやだな。身体にさわるからライヴやめろとか言われてもきっとやっちゃう」

「リカコならそう言うだろうと思ったけど、実際どうだかわからないよ。余命宣告された経験なんてないんだから」

　意外にもリカコは神妙そうな顔になって肩を落とした。

「そうだよね。わたし、ガンさんに失礼なことしちゃったかな。すごく怒ってた」

「具体的に、なにを言ったわけ」

「ガンさんが出演してるライヴDVDを五十本くらい観《み》たから、どれくらい感動したかを当人に熱く語ったの！　サーファーが大勢たむろしてるビーチで」

「それは健康な人でも怒ると思うよ……」

昼時だったので次から次へと狭い店内に客がやってきて、たちまち騒がしくなる。リカコはおしぼりを巻いたりほどいたりを三回ほど繰り返してから言った。

「ガンさん、もう稼ぐ必要もないから、あとは好きなことだけやって暮らすって。それでサーフィンとか、食べ歩きとか。音楽だって好きでしょって言ったらそんなことないって言われた。わたし泣きそうになった」

「リカコは純粋すぎるよ」

「なにその言い方」

「業界の人間がみんなリカコみたいに音楽馬鹿じゃない。瀧寺さんが言ってたよ、プロデューサーには向いてないだろうって」

「他人の人生を他人の人生として扱えないならひとりで音楽馬鹿やってろってこと？」

「そこまでは言ってない」というか、そこまでわかってるなら末期癌患者に水着で迫ったりするなよ。

リカコは目を伏せた。

「……わかったよ。あきらめるよ」と彼女は肩をすぼめてつぶやく。

「ガンさんとグルーヴの近いベーシスト探すなら、手伝うよ」

「そうじゃなくて、今回のアルバムあきらめるってこと」

僕はコップが空なのも忘れて口に運んでしまった。

「だって他の人なんて考えられない。代わりを探すくらいなら歌わない」

他の客たちのざわめきや丼とレンゲのぶつかり合う音が急に耳障りに感じられた。腰エプロンを巻いた若い女の店員が危なっかしい手つきで盆を運んできて、僕とリカコの前にそれぞれ丼を置いた。湯気が顔をなでた。

僕らは黙って箸を割った。

ラーメンのいいところは、ふたりで食べていても必然的に会話が途絶えるところだ。悪いところも同じだけれど。

*

リカコは次の日にはロンドンに発《た》ってしまった。これから四ヶ月以上も欧州各国を回るのだという。

セルフプロデュースによるアルバム制作自体をあきらめるという彼女の言葉は、予想外に僕の胸に深く刺さって残っていた。たぶん、日本に彼女がいない、声もしばらく聞けないという事実のせいだろう。ラーメン屋で逢ったときの会話も、もっとましな言い方がいくらでもあった気がしてくる。

メールでも打とうかと思ったけれど、文面を思いつかなかった。なにか謝らなければいけない気がしたが、そんな筋合いはない。彼女を怒らせたわけではないのだ。それなら、なにが引っかかっているのだろう。

ノートPCを前にするとリカコやガンさんのことばかり浮かんでくるので、雑誌の原稿はいっこうにはかどらなかった。僕はまだ音楽一本で食っていける立場ではなく、昔どおりライター仕事も請け負って糊口《ここう》をしのいでいるのだ。しめきりはじりじり迫っていた。

リカコと同じことをしてみよう、というのが、思いついた打開策だった。

ノートPCを閉じてアパートの自室を出た。靴底が融《と》けてアスファルトにくっつきそうなくらい暑かったけれど、熱気は僕の体表でそのまま汗に変わって、いっこうに骨の内側まで染み込んでこなかった。

どうやら――自分で思っている以上に落ち込んでいるみたいだった。

僕の所属する事務所は新宿の雑居ビルにある小さな音楽プロダクション会社だ。社員数も少ない上にやくざな商売なので、昼間だというのに社内にだれもいないことも日常茶飯事だった。その日の僕には好都合で、ＤＶＤの詰まった棚を漁《あさ》り、岩井邦彦が出ているものを片っ端から机に積み上げていった。

社長室のテレビを拝借して、ライヴDVDをかけた。

ガンさんはグループに所属していない一匹狼《いっぴきおおかみ》のベーシストだから、ステージはどれもソロアーティストのバックバンドの一員としてだ。画面にはほとんど映らない。ごくまれにスキンヘッドがフレームの隅をかすめ、ベースソロのときに手元が十数秒アップになるくらいだ。でも、それでよかった。僕はじきにソファに深く身を沈め、目を閉じてしまう。冷房をつけることも思いつかなかった。音楽の熱気が耳から身体の芯に流し込まれているのだ。気温なんて関係なかった。

ベースは打楽器なのだという人がいる。鼓動を刻むためのものだと。それはおそらく正しい。ドラムスの生み出すビートは皮膚の上で弾《はじ》けて蒸発する。ベースだけが血管に染みとおる。

僕が息をつけたのは、次の一本を観るためにディスクを交換するときだけだった。あとはずっと部屋の蒸し暑さとソファの合成革の感触とぬめる汗と音の奔流におぼれていた。

どうしてリカコがいないのだろう、と僕は思った。

この鼓動の上に、なぜ彼女の声が吹き荒れていないんだろう。

だって、生きているのに。どちらも、こんなにも確かに生きているのに。

べっとりと汗ばんだTシャツの上から肋骨の間を指でまさぐる。突き刺さったままの違和感の正体が今ならわかる。言葉にできる。ごく単純な欲望だ。僕はリカコの思い描いていた、そしてあきらめようとしているそのアルバムを、ただ聴きたいのだ。

DVDの山を抱えて社長室を出たとき、ちょうどオフィスの入り口が開いて、ごま塩頭が入ってくるところだった。制作部長の和田《わだ》さんだった。

「なにやってんだシュン」

和田さんはあきれかえった顔で言った。

「間抜けな空き巣かと思ったぞ」

「いえ。……ちょっと、参考資料を」

「クーラーぐらいつけろ。糞暑《くそあつ》い。サウナじゃねえか」

生きている証拠ですよ、と言おうとして言葉を呑み込んだ。当たり前だ馬鹿野郎、とどやされるにきまっている。

汗ばんだ手で十数枚のDVDを棚に押し込みながら、ふと和田さんに訊いてみた。

「和田さんがプロデューサーだったとして」

「ん?」

「アーティストがさんざん無理なわがまま言った上に、勝手にあきらめてそのわがままを引っ込めたらどう思います?」

和田さんは白いものが混じった眉毛をひとしきり上下に動かした後で、顎の無精鬚《ぶしょうひげ》を指の腹でこすりながら渋い口調で言った。

「なんの話かわかんねえが……ふざけんなっつってひっぱたく」

「そういえば僕も二度くらいひっぱたかれましたね」

「無理かどうか決めるのは演《や》る人間の仕事じゃねえんだよ。どうせおまえらコスト計算なんてできねえだろ。あきらめるのもあきらめないのも、決めるのは俺らの仕事だ」

ああ、こういう人をプロデューサーと呼ぶんだな、と僕は感心した。オフィスを出て、非常階段で蟬《せみ》の声を聞きながら、携帯電話を取り出す。

「……もしもし。瀧寺さんですか、蒔田です。……いえ、はい。……すみません。ちょっとお願いがあって。……岩井邦彦さんに、アポとれませんか」

＊

ガンさん——岩井邦彦氏の痩せ方は、ひどく不自然だった。シルエットをそのままペインティングナイフかなにかで削ったみたいだ。肩幅が広いせいだろう、短期間で肉がごっそり落ちたのがはっきりと見て取れる。頬もこけて、目は落ちくぼみ、日焼けした首や手の甲には血管が青々と浮き出ている。おまけにアロハシャツと膝丈のデニムという服装で、骨張った手足をさらしている。その姿は、取り壊されて土台と鉄筋が剝き出しになったビル跡地を思わせた。

「最近は腹が立つこともなくなっちまった」

しゃがれた声でガンさんは言って、グラスの炭酸水をあおった。

まだ夕方の六時でバーの店内に他に客の姿はなく、バーテンダーは退屈そうにグラスを磨いていた。ムスクの香りがきつく漂っていて、グレン・ミラーのスタンダードメドレーは三割増しくらいに退屈に聞こえた。

「なにか見聞きするたびに損得勘定が働くんだ。怒ってどうなる？　笑ってどうなる？　時間の無駄だからやめとけ、ってな。だからあの女が押しかけてきたのは面白いイベントだった。久しぶりに怒鳴った。腹に響いた」

「はあ。すみません」思わず謝ってしまう。

「それで、マサから電話があった」とガンさんは続ける。マサというのは瀧寺雅臣のことだ。古いなじみはこう呼ぶらしい。「もっと腹の立つ蒔田シュンてやつがいる、面白いから逢ってみろって」

瀧寺さん、ろくでもない紹介のしかたをしてくれたらしい。逢えたのはいいけれど、話をどう切り出していいかわからないじゃないか。

ガンさんの手の中のグラスを見て、さりげなく訊いてみる。

「お酒、止められてるんですか」

「いや。退院してから、とくに飲みたいと思わなくなっただけだ」

熱のない声だった。

「最近、故障した飛行船のことをよく考える」

「……飛行船？」

「ガス漏れかなにかでどんどん落ちてくんだよ。船体を軽くするために荷物を次々放り出す。水も、食料も、椅子も扉も。最後には乗ってる人間も飛び降りようとする。そこで、なんかおかしいなと気づく。それが今の俺だ」

わかるようなわからないような話だった。

「で、おまえさんはなにしにきたんだ。背中押しにきたのか、止めにきたのか」

「……その前に一杯やっていいですか」

好きにしろよ、おまえさんのおごりだろう、とガンさんは言った。僕はダイキリを頼んで、ほとんど一息で飲み干した。そのまま汗になってうなじのあたりから流れ出ていきそうな気がした。なにか喋《しゃべ》らなきゃいけない。

「ガンさん、いつ頃から親指でプリングしてたんです？　四弦のアタック音の正体が前からどうしてもわからなくて、こないだ武道館ライヴのＤＶＤ見てようやく気づいたんですけど」

「なんだいきなり」

「この際だからベースのこと色々訊いておこうと思って」

「そうやって色々喋らせてれば演る気を出すとでも思ってんのか」

「そういう下心もあります」

僕はあきらめ気味に答えた。どうやら望み薄だった。

ガンさんは僕の話をまるで無視して話し始めた。

「医者に告知されたのは去年の十月だ」

声の調子は変わらないのに、店内の気温が三度くらい下がった気がした。

「それからずっとクルマ転がしてあっちこっちの海を回ってた。ずっと。毎日。他になんにも考えつかなかった。仕事もぶっちぎった。東京に戻ってきてからさすがに冷静になって、プロデューサーに詫《わ》びの電話入れたら、とっくに事情知ってやがって、こっちが謝られた。思わず笑っちまった。笑うしかなかった」

「そういうもんですか」

「そういうもんだ」

僕は二杯目を頼んだ。他にすることを思いつかなかった。

「金ならあるし、やりたいことやって暮らすってことですか」

「赤の他人に言われると腹立つな」

「すみません」

　僕の心はどんどん萎《しお》れていく。なにをしにきたのかもうわからなくなっている。あのときの熱がもう消えかけている。

「やりたいことで、やれてないの、ありませんか。僕にできそうなことなら」

「なんだ。交換条件で仕事請けろってのか。せこいな」

「いえ。もうそういうんじゃないですよ」

　そのとき僕の皮膚をぴっちりと覆っていた感触は、よく知っていた。

　いつもは考えないようにしている、けれど不意に忍び寄ってふくれあがる、例の藻のにおいだ。

「僕も手伝いますよ。荷物を放り出すの」

　僕が同じ翳《かげ》りに浸されていることを感じ取ったのだろう、ガンさんはしばらくしてからぽつりと言った。

「なンにも聞こえないところに行ってみたいんだ」

「……なんにも？」

　グラスの氷が鳴った。

「十八のときからずっとスタジオで暮らしてたみたいなもんだ。耳栓してたって耳はいかれる。寝ててもドラムスがしゃかしゃか聞こえてる。それでいっぺん、ほんとうになんの音も聞こえない場所に行ってみたいと思ってた。ほうぼう回ったが、どこの海にもそんなとこはなかった。当たり前だけどな」

「ありますよ。無響室っていう」

「なんだそりゃ」

「大学なんかにある研究用の部屋ですけどね。壁も床も徹底的に音を吸収するようにつくってあって。ただ、それでもほんとうになんにも聞こえなくなるわけじゃないらしいです」

「入ったことあンのか」

「僕はないですけど、ジョン・ケイジっていう作曲家が——」

口をつぐんだ。

あたりを取り巻いていたはずの音が消え失せていた。グレン・ミラーも、布がグラスをこする音も、空調の咳き込むような稼働音も。

けれど静寂はやってこない。ベース音だけが続いている。だれかの指が、太い鋼弦を絶え間なくはじいている。

いや、ベースの音なんかじゃない。これは——僕の血管を巡る血の音だ。

ジョン・ケイジ。言葉があふれようとする。物語がつながりかける。僕は携帯電話をポケットから引っぱり出し、確かめる。

リカコは今、英国だ。来週はドイツに飛ぶ。八月五日、彼女はドイツにいる。

それなら、つながる。

振り向き、テーブルに肘をついて腰を浮かせる。

「ガンさん」

呼びかけると、不意に雑多な音が戻ってくる。最初は『イン・ザ・ムード』のトランペットソロ。グラスの氷が崩れる音。ストゥールの脚の軋《きし》み。騒がしい現実の音たち。

ガンさんは毛のない眉を寄せる。

「用意しますよ。なんにも聞こえない部屋。来週、八月の五日です」

僕は唾を飲み込む。バスドラムのキックみたいな音が頭蓋骨に響く。

「――ぜったいに、来てください」

＊

その夜、自室に戻ってからリカコに電話をかけた。

僕が時間をかけてことの次第を説明すると、分厚いノイズの向こうで彼女は盛大にため息をついた。声は遠く、かすれぎみで、聴き取りづらかった。地球の裏側にいるのだ。ロンドンはいま何時だろう。

『よくそんなこと思いつくね、蒔田さん』

あきれた声に、かすかに興奮がにじんでいるのがわかる。

『でも、わたしにもスケジュールってものがあるんだけどな……』

「ごめん。でも、他の日じゃだめなんだ。他の人に頼めるなら、それで──」

『なに言ってんの』

彼女は乾いた笑いを漏らす。

『わたしのわがままなんだから、わたしがやるにきまってるでしょ』

「うまくいくと思う?」

『全然』

はっきり言うなよ。やる気がなくなるだろうが。

『でもさ。たった一小節でも、ガンさんと一緒に演れるんでしょ。その上うまくいったら儲《もう》けものじゃない?』

「前から思ってたんだけど、リカコはなんでそこまでポジティブになれるわけ。秘訣《ひけつ》を教えてほしいくらいだよ」

ひとしきりの笑い声の後に返ってきた答えは、実に意外なものだった。

『わたしが知ってる限りで、蒔田さんよりポジティブな人いないよ?』

電話は切れた。

通話時間表示をにらんでいてもしかたがないので、僕は精一杯ポジティブにボタン操作して次の相手へ電話をかけた。楽器メーカーだ。

＊

浜名湖《はまなこ》の暗い湖面に、国道沿いの灯《あかり》が等間隔に映っている。風が強く、岸辺の林がしじゅうさざめいており、遠州灘《えんしゅうなだ》から聞こえてくる潮騒《しおさい》と入り混じって平坦《へいたん》なホワイトノイズのように感じられる。

真っ暗な駐車場の隅に車を駐《と》めると、さっきまで後部座席でいびきをかいていたはずのガンさんが、さっさとドアを開けて外に出てしまった。僕もあわてて窓を閉め、降車し、ガンさんに車のキーを返した。東京から静岡まで他人の車を、しかもBMWを運転するなんて二度とごめんだと思ったけれど、帰り道もあるのだ。うんざりしてくる。

「なんでこんな辺鄙《へんぴ》なとこにあるんだ」

駐車場を挟んで道の反対側に連なる一階建ての無機質な棟の並びをにらんで、ガンさんはぼやいた。ところどころの窓からは蛍光灯の明かりが漏れている。

「音響とかの研究所だから、静かな場所がよかったんじゃないですか」

「こんな遅くに押しかけていいのか。会社の施設なんだろう」

そう言いつつも明かりに向かって歩き出すので、僕も追いかける。

「この時間じゃないとだめな理由があるんですよ。色々無理をお願いしたんで、無理がもう二つ三つ増えても申し訳ないのには変わりないです」

「たしかにな」ガンさんは憎々しげに僕を見た。「俺も、なんだかもうどうでもよくなってついてきちまったよ。ほんとに、なんにも聞こえない部屋があるんだろうな」

「ええ。ただ、ちょっと条件が」

「なんだ今さら」

声が険しくなる。

「無響室を使わせてもらうかわりに、実験につきあうって約束しちゃったんです。人手が必要なんでガンさんも手伝ってください」

「聞いてねえぞ」

「そんな手間じゃないです、すぐ終わりますから」

ガンさんは不機嫌そうに唸《うな》った。

ロビーに入ると、ポロシャツ姿の男が廊下の向こうから走ってきた。

「蒔田！　遅かったじゃないか、もう準備できてるぞ」

声を弾ませるその男は、四十手前で癖っ毛に淡いブラウンのサングラス、研究職にはとても見えない。

「すみません藤木《ふじき》さん、無理なお願いして」

　僕は頭を下げる。楽器メーカーの開発担当で、むかし音楽雑誌の取材で何度かここを訪れたときに仲良くなった相手だ。彼は僕の連れにすぐに気づき、顔を輝かせ、僕を押しのけるようにして歩み寄った。

「岩井さん！　いやあ、ほんとうに、来てくださって、いやあ……」

　この世代の音楽業界人にとって岩井邦彦はヒーローだ。けれど藤木さんも、見違えるほど痩せ細ったガンさんを目の当たりにして、語尾を濁すしかなかったようだ。ガンさんは無愛想に会釈する。

「……無音室って間違って呼ぶ人がよくいるんですがね」

　廊下を先に立って歩きながら藤木さんは言う。

「無響室です。音をなくしてるわけじゃなくて、反響をなくしてるんです。喋ればちゃんと聞こえます。でも、ものすごく小さいし、知ってる聞こえ方じゃないと思います。気分を悪くする人もよくいるので、注意してください。ここです」

　藤木さんが立ち止まり、左手の壁のハンドルを回した。それがドアであることはしばらく理解できなかった。あまりにも分厚かったからだ。横幅と厚みが同じだけあるのではないかと思ったくらいだ。

「どうぞ。機材はもう全部運び込んであります」

入り口で無響室の中をのぞき込んだガンさんは、ぎょろりとした両眼《りょうめ》を見開いて立ち尽くしてしまう。それはそうだろう、と僕は彼の背中を見つめる。部屋の中に、あまりにも見慣れたものが置いてあるからだ。スタンドに立てかけられたフェンダー・プレシジョンベース。その隣に寄り添って立つアンペグのベースアンプはまだ電源が入っていない。向かい合って、僕のテレキャスターとマーシャルアンプ。そして真正面には大きな液晶モニタが床置きされている。ガンさんの肩が落ちた。

「……やれやれ。妙な話だと思ったんだ。こういうことかよ」

「すみません。こういうことなんです」

「部屋使わせるかわりに弾けってことか。まっぴらごめんだ」

「でも、たった一小節でいいんですよ。すぐ済みます」

ガンさんは苦々しそうに僕をにらみつけた。

「……なんだ、一小節って。なんなんだ。俺になにやらせたいんだ」

「だから、ほんとに、ただ一小節弾いてほしいだけです」

僕はガンさんに一枚のA4用紙を手渡した。

五線譜にたった五つの十六分音符が印刷されている。

藤木さんが廊下の壁際で心配そうに僕らを見ている。ガンさんは歯を剝き、その空虚ばかりの楽譜をくしゃくしゃに握りつぶし、僕の胸に押しつけると、無響室に入った。

ぞっとする体験だった。虚空に浮かんでいるのではないかと一瞬思った。

いや、事実、僕らは浮かんでいた。無響室は深いくさび形の吸音素材を四面の壁と天井と床にびっしり配置した空間だ。そのままでは足下の凹凸《おうとつ》が激しすぎて歩けないので、本来の床面からいくらか上に頑丈な金網が床板代わりとして張ってある。藤木さんが扉を閉めると、すぐに耳鳴りが始まった。心なしか鼓動も速まり、背中に汗がにじんできた気がする。

ほんとうに、音がない。

自分がどこにいるのかわからなくなってくる。目を閉じたらたぶん平衡感覚を失って倒れてしまうだろう。

「……気持ち悪いな」

ガンさんのつぶやきは、二キロ先の岩にとまった虫の羽音みたいだった。

「これでも、今回はだいぶましなんだそうですよ」

僕は心臓を落ち着けようとしてそんなことを言う。声を出さないと自分の身体さえも虚空に散ってしまいそうだ。

「色々置いてあるから、そこにいくらか音が反響します。なにも置かずに一人で入ると、宇宙空間に放り出されたのと同じになって、おかしくなる人もいるんだそうです」

声はすぐに途絶えてしまう。

やがて、聞こえてくる。絹糸が無限にほつれ続けているような甲高い音と、コントラバスの胴を弓でこすっているような低い音。ガンさんもそれに気づいたようだった。耳の下あたりを手でしきりに圧している。

「……ジョン・ケイジっていう作曲家がいたんです」

僕が語り始めると、ガンさんが横目を向けてきた。

「前衛音楽の急先鋒《きゅうせんぽう》みたいな人で、ひょっとすると話には聞いたことあるかもしれませんけれど、ピアノの前でなんにも弾かないで数分座ってるだけで曲だって言い張った人です」

しばらく言葉を切ってガンさんの顔をうかがった。この静寂の中では四分三十三秒も永遠と同じくらいに感じられるだろうな、と思った。

「ジョン・ケイジも、ガンさんと同じように音がまったくない環境を求めて、ハーヴァード大学の無響室を訪れるんです。でも、音はなくならなかった。僕らが今聞いている二つの音が、たぶんケイジの聞いたのと同じ音です」

「……俺には三つくらい聞こえるな」

「そういう人もいるらしいですね。いちばん低いのは、血液が流れる音だそうです。高い方は神経の音だってケイジは聞かされたそうですけど、ほんとかどうかわかりません。とにかく、僕らの命の音です」

唾を飲み込んだらその音がぶつりと切れてしまいそうで、僕は喉の痛みをこらえながら言葉を続けた。

「それで、ケイジはそのときのことをこう書いてます。『僕が死ぬまで音は鳴っているだろう。僕が死んでからもその音は鳴り続けるだろう。だから、音楽の未来について恐れる必要はない』」

ガンさんは鼻を鳴らした。たぶん鳴らしたのだと思う。花びらが砂に落ちるくらいの音しか聞こえなかったけれど。

「なんだそりゃ。馬鹿じゃねえのか」

彼は行儀悪くベースアンプに腰を下ろし、両脚を投げ出す。

「未来がどうした。だいたい、死んだら鳴らなくなるだろうが」

「いえ。実は、ほんとに鳴り続けてるんです。ケイジは１９９２年に死んでますけど、彼の音は今も鳴り続けてるんです」

ガンさんは訝《いぶか》しげな目を上げた。

そのとき、唐突にモニタが点灯した。空間に四角い穴が開けられてそこから音が流し込まれたみたいだった。まばゆい緑と空の青が画面を埋め尽くした。鳥の声と土を踏む足音、それから――

『蒔田さん？　聞こえる？　音声入ってる？　映像どうっ？』

リカコの声だ。

画面に彼女の顔がアップで割り込んでくる。ピンク色のノースリーブ、剝き出しになった日焼けの肩。グロスで光る唇に浮かぶ得意げな笑み。ガンさんは仏頂面で腕組みしてモニタをねめつけている。

『ガンさーん？　いるんだよね、わたしの方、音声は入るけど映像はなしだから返事してくれないとわからないよ！』

「……いるよ。なんだおまえはいきなり。どこだそこは。なんで昼間なんだ」

リカコは、だいぶ間を置いてから答えた。地球の裏側なのだ。タイムラグがある。

『ドイツ！　今ヨーロッパツアー中なの、ねえねえこっちのビール全然冷たくないんだよ、氷入れて飲もうとして怒られちゃった！　あっつーい！　ここハルバーシュタットってとこ、ええとねえ、ライプツィヒから、何時間かかったっけ』

「このわけわからんままごとはおまえの仕込みなのか」

『ううん、蒔田さんのアイディア。わたしはたまたま今日ドイツに来てるから、ここまで寄り道しただけ、ねえ、ほら見える？』

リカコがひょいとカメラフレームからどいた。

林がとぎれ、草地の真ん中に古びた石壁がそそり立っているのが見えた。大勢の人々がアーチの奥に集まっているのもわかる。

それから、聞こえる。茫洋《ぼうよう》とした楽音。

『聞こえる？』とリカコが問う。

「……オルガンか」

ガンさんが言った。

タイムラグのあとで、リカコは満面の笑みで「そう！」とうなずいた。

「ジョン・ケイジの、〝organ2/aslsp〟っていう曲があるんです」

僕が言葉を続けても、ガンさんは虚空に切り取られた窓の向こうの緑から目を離さない。カメラは石壁に近づいていく。右手の茂みのそばに駐められた大きなトラックがカメラフレームの中に入ってくる。荷台の側面には、海野リカコ欧州ツアーのロゴが派手にペイントされている。機材運搬用のツアートラックだ。

「実際に演奏されている中では、世界一長い曲です。西暦２００１年に、このハルバーシュタットの廃教会の自動オルガンで演奏が始まりました。和音ひとつの長さが一年とか三年とか、そういう曲です。２６３９年まで演奏が続くそうです」

ガンさんの干からびた唇の間にわずかな隙間が生まれる。言葉はまだない。だから僕は続ける。

「ケイジは死にましたけど、彼の音楽はまだ続いてるんです。ほんとうに、そのままの意味で」

足下の金網がこすれて鳴った。ガンさんが両脚を引き寄せ、うつむいたのだ。

「だからなんだ」

彼は押し殺した声で言った。

「俺もそうしろってのか。死ぬ前にもっとレコーディングしろって言いたいのか？　馬鹿馬鹿しい。どうせ死んだ後のことだ。知るか」

「そうじゃないんです」

僕は二つのアンプの電源を入れた。真空管があたたまり、ノイズが僕たちの皮膚から空虚を少しずつ剝ぎ取っていく。ギターのストラップを肩にかけ、ベースを手にとってガンさんの膝にのせた。彼の両手は弦の上にだらりと垂れたままだった。顔も上げてくれない。

「もうすぐ、特別な瞬間なんです。二年間鳴り続けてたD音が止《や》んで、CとC♯が鳴り始めます。だからあんなに野次馬が集まってるんです。さっきの楽譜憶えてますよね」

ガンさんの首がわずかに揺れた。

「Dマイナーon Fから、Aです。音が切り替わる瞬間にぴったりコードが一致するんです。これはもう演るしかないと思って」

「馬鹿じゃねえのか」

今日、ガンさんが馬鹿と口にしたのはもう何回目だろう、と僕はむずがゆく思う。

「なんの意味があるんだ」

　彼の膝の上で無骨なプレシジョンベースの胴体はくしゃりと潰れそうに見える。僕は無響室の静寂に吸い取られそうな声で答える。

「なんの意味もないですよ。……他には、意味なんて。ただ、演りたいだけです」

　音と音が合うと、しびれるほど気持ちいいんですよ。ベーシストならだれよりも知ってるでしょう。僕もあなたと同じですよ。演りたいこと演って暮らしたいだけです。あと何年生きるとしても。

　それに——と僕は言葉を継ぐ。固く握りつぶされた楽譜をポケットから取り出す。

「これ、ただの一小節じゃないんです。これで一曲なんです」

　ガンさんはようやく顔を上げてくれた。そこには、なんの表情もなかった。無響室の壁と天井と床がみんな吸い取ってしまったのだ。

「ナパーム・デスの〝You Suffer〟っていう、たった一秒の、世界で一番短い曲です」

　僕は口をつぐんだ。

　アンプのスタンバイランプはもうとっくに赤い灯をともしていた。それがガンさんに引火するのをじっと待った。

　この瞬間だけなんだよ、と僕は祈った。無響室が祈りを空々しいほど純化する。世界の両端が、永遠と刹那がぴったり重なるんだ。この地球上でもう何億何兆と繰り返されてきた奇蹟《きせき》なんだ。どれだけかけがえのないものか、あんたにだってわかるはずだろう。だって、生きているんだから。

だから、その手を動かせよ。

『――蒔田さん、ガンさん、OK？　カウント入れるよ』

リカコの声がはるか遠くから響く。地球の裏側からだ。モニタに映し出されているのは、ツアートラックの荷台の中だ。暗がりに沈みかけた藍色や真鍮《しんちゅう》の光沢はドラムセットだと辛《かろ》うじてわかる。シンバルの合間からリカコの細い両腕が高く突き上げられる。握られたドラムスティックが交差する。僕は祈り続けながらピックを握り、左手で弦を探った。オルガンの音が高まった気がした。ガンさんはまたうつむいている。ノイズが泡のように僕の意識を覆い尽くそうとしている。スティックが打ち鳴らされる。

四つ目のカウントが無響室の空虚に釘《くぎ》のように打ち込まれたその瞬間、ガンさんの両手が跳ね上がった。血管がはちきれそうなほどの血が彼の指からアンプに流し込まれ、ギターストロークとスネアのいななきとリカコの咆哮《ほうこう》とがオルガンのD音の最後のひとしずくをずたずたに引き裂く――たった一秒の歌が悠久の一片を容赦なく切り取る。

一滴の血も落とさないまま、その併唱歌《クオドリベット》は終わった。

生まれた時も場所も遠く隔たった、なんの関わりもないはずの二つの歌が、同じ和声の上で完璧に融け合ったのだ。

奇蹟ではない。それが音楽だ。

いくつもの声と楽器とが有機と無機の差異さえも超えて調和するように組み上げられたものなのだ。時間だって空間だって超えて響き合える。

残響は、なかった。

始まったときと同じように、いや、もっと無慈悲に、静寂が僕らを包んだ。ふらついた僕の背を、ノイズに震えるアンプが支えた。ガンさんは泣き方も忘れたみなしごみたいな顔で、広げた自分の手のひらに目を落としていた。

言葉はなく、半音階でぶつかり合うオルガンの不協和音が無響室の沈黙を薄く薄く引き伸ばしていた。

まばらな拍手も聞こえた気がする。遠い、知らない街で、知らない人々が笑い合っているのだ。

リカコの声が白々しく響いた。

『……息ぴったりだったよ』

「嘘こけ」

ガンさんがうめいた。

「タイムラグがあるだろうが」

一呼吸置いて、リカコはモニタの向こうで笑った。

それから、ドラムセットをかきわけて太陽の下に出てくる。僕はもうまぶしくて、モニタを直視できない。

『ねえガンさん、……プロデューサーって、どういう意味か知ってる？』

ガンさんは答えない。

僕は音のないため息をつく。

なんだ、それ？　どうしてここでそんな問いが出てくる？

リカコが答えを待たずに続ける。

『こないだ調べたの。produceって、作るとか、生み出すとか、そういう意味じゃないんだって。もともと、《取り出す》っていう意味なんだって』

僕はうなじに震えを感じて顔を上げる。

アンプに腰掛けていたガンさんが立ち上がり、ベースをアンプの上に置いてモニタに背を向ける。

『わたしにガンさんを切り取らせてほしい』

ガンさんは金網を踏んで扉に一歩、また一歩、近寄った。足音はなかった。

立ち止まり、肩越しにつぶやいた。

「……腹かっさばかれて、……あらかた切って取り出された俺から、まだなにか取ろうってのかよ」

その声は壁に吸い取られて消えてしまうはずだった。でも、僕にも聞こえたし、どうやら地球の反対側にも聞こえたようだった。

リカコはうなずいた。

『いちばん大事なとこがほしいな』

ガンさんはハンドルを回した。なまあたたかいざわめきが廊下から流れ込んできた。無響室を出ていく背中に、僕はなにも声をかけられなかった。

＊

アンプやギター、モニタといった機材を無響室から運び出し、片づけ終えた僕は、藤木さんから冷酷な事実を告げられた。

「岩井さん、車で帰っちゃったけど。蒔田はどうすんの」

啞然《あぜん》とするしかなかった。どうすんの、はこっちのせりふだった。静岡と東京の間に横たわる絶望的な距離を思い、廊下の壁際にへたり込んでしまう。時刻は二十二時を回りかけていた。藤木さんがにやにや笑いながら言った。

「泊まってくか。仮眠室あるぞ」

腰を浮かせ、礼を言おうとした僕に、彼は付け加えた。

「まさか無響室の使用料ロハだとは思ってないよな。資料整理手伝えよ。夜が明けるまでに終わるといいな」

＊

地球の裏側のドイツで、リカコも同じような目に遭っていたということが、僕にとっては唯一の慰めだった。ベルリンに戻る途中でツアートラックがエンストで立ち往生したのだという。そのせいでベルリン公演は危うく中止になりかけ、一時間二十分押しで会場に駆け込んだリカコはマネージャーに大目玉を食らったそうだ。

そんな僕らのせせこましく慌ただしい日常を笑うように、ジョン・ケイジのオルガンは今も聖ブキャルディ教会の廃墟《はいきょ》の奥で鳴り続けている。

＊

顚末《てんまつ》は詳しく語らないことにする。音楽に関しても、死に関しても。どちらもうまく語れる言葉を僕はまだ持ち合わせていない。死について記すには若すぎるし、音楽について記すよりはピアノの蓋を開いた方が早いと考えてしまう不精者だ。

それでも知りたいなら、つい先頃発売された海野リカコの〝SELFISH〟というアルバムをお買い求めいただきたい。岩井邦彦のいのちから取り出された切片は、今もそこにある。風が灰を残らず吹き散らしてしまった後でも、リカコの歌声の下でたしかに脈打っているのだ。

恋愛論パッサカリア

いつの頃からだろう、自分の年齢が倍になったときのことをぼんやり考える癖がついた。高校に入りたての十五歳だった僕は、倍の年月を経た自分が音楽業界の端っこに引っかかって日銭を稼いでいるなんて想像できていたっけか？　いや、たしか、三十歳ならどこぞの会社で課長くらいになっているだろう、などと世間知らずきわまりないことを考えていた気がする。

三十代ともなると、実家に帰って中高時代の同級生と飲むたびに、結婚や出産のニュースを聞く。

おまえはどうなの蒔田《まきた》、と訊《き》かれ、そもそも相手がいないよ、と笑って答える。

かわりばえのしない会話の繰り返しだ。

そうしてふと気づくと年齢に掛け算をしている。六十歳になる頃には、同窓生たちの話題は娘や息子の結婚、孫の誕生、そして定年退職、ひょっとすると訃報――。様変わりしているようで、やっぱり同じことの繰り返しのはずだ。

その頃も僕はまだ東京でひとりきりだろうか？

たぶんそうだろう。自分が夜も朝もだれかの隣で同じ空気を呼吸しながら生きているところが想像できない。トルコあたりでラクダを曳《ひ》いている生活の方がまだしも現実感がある。

「ミュージシャンなら出逢《であ》いも多いんじゃねえの？」とよく訊かれる。正月に帰省したときに飲んだ同窓生にもこの質問をされた。

「アイドルとかタレントにも逢えるんだろ？」

「そんなに狭い業界じゃないよ」

ほんとうは驚くほど狭い世界だし、実際に何人か心当たりもあるのだけれど、つっこんで訊かれてもめんどうくさいので黙っておく。

「でも、けっこう有名な女優なんかがさあ、名前も知らないようなミュージシャンといきなり結婚したりするじゃん」

「そういうのはだいたい、一般人が知らないだけで、業界じゃ名前が売れてる人だよ。僕みたいな雑用専門には縁のない話」

「夢がねえなあ」

「夢がなんでもかなうとして、女優と結婚したいと思う？」

「いや全然。めんどくさそう。そもそも結婚自体めんどくせえのに」

同窓生は赤ら顔で飲み屋のカウンターに突っ伏す。

「蒔田は親にちくちく言われねえの？　いつ結婚するんだ、相手はいるのか、だれだれちゃんはもう二人目が産まれた、とかって」

都市部に出ると痛感するが、田舎はやはり結婚が早いし、未婚者に対する有形無形のプレッシャーも激しい。我が家はまだしも幸運な方だ。

「うちの親は、まず僕の不安定な仕事にちくちく言うのに忙しくて、結婚なんて気にしてる余裕はなさそうだよ」

「ふうん」

彼は日本酒を徳利《とっくり》から直接あおった。

「まあ、なんか、わかる気はする。蒔田は結婚とかそういう段階じゃねえよな。いつ見てもふわふわしてるし、切迫感なさそうだし。ほんとに同い年なのかよ。まだ高校生と喋《しゃべ》ってる気分だ」

「よく言われるよ。自分でもそう思う」

本心だった。

さっぱり歳を取った気がしない。取り方もよくわからない。皮膚と内臓だけが過ぎた年月のぶんだけ汚れていく。

けれど、と僕は思う。

いつか、年齢を倍にしようとして、人間の寿命をとっくに超えていることに気づく日がやってくるだろう。そのとき僕はようやく自分の足下の現在を見おろすことをおぼえ、なんとかひとつ歳を取れるのではないだろうか。

＊

「――ていうかシュンくん結婚願望あったの？」

バーでその話をしたら、冬美《ふゆみ》さんにそう訊かれた。

「ないよ。あったら冬美さんととっくに結婚してたんじゃないかな」

「別れた相手によくそういうことをしれっとした顔で言えるもんね……」

「別れてない相手に言ったら大変じゃないか」

「それもそうか」

冬美さんはソフトウェア開発会社に勤める二つ年上の女性で、二年ほどつきあっていた相手だ。けっきょくなんの進展もなく、喧嘩《けんか》さえもなく別れたのだけれど、今もたまにこうして逢っては酒を飲んでいる。会社員といっても技術畑の研究職で、勤務時間がわりと自由なので、やくざな商売の僕としても誘いやすい。

「でもシュンくん、前に、男女間の友情は信じないたちだって言ってたよね」

「言ってました」

絡み酒の雰囲気を嗅ぎ取った僕は敬語に切り替えてみるが、無駄だった。

「それじゃあ、なんで別れた相手とこうしてしょっちゅう飲んでるわけ」

なにを今さら、と僕は思った。理由はもちろん冬美さんがスキニージーンズとショートカットと眼鏡とイルカのイヤリングの似合う美人で一緒に飲んでいると気分良く色々喋れるからなのだが、正直に話して喜ばれる理由とはとても思えなかったので、手持ちの中でいちばん卑怯《ひきょう》なせりふで答えた。

「たぶん冬美さんと同じ理由だと思う」

「未練たらたらだし、あわよくば面倒なことを言わない身体《からだ》だけの関係に戻れないかなって思ってるわけ？」

当たらずとも遠からずだったので「だいたいそんな感じです」と答える。

「まあ、私はそんなことさっぱり考えてないけど」

ひっかけられた。冬美さんは三枚くらい上手だった。

「今日は僕がおごるからこのへんで勘弁してもらえないかな」

「だめ。最初に結婚がどうのこうのって話を始めたのはシュンくんだよ？　三十二歳未婚の女の前で、よくもそんな無神経な話ができるもんだよ。今日は徹底的にいじめ抜くから」

「冬美さんがそんなに結婚のこと気にするような人だとは思ってなかった」

「あきれた。何年つきあってきたわけ？」

僕は口の中の酸っぱい唾をママレード・コリンズで喉に流し込んだ。耳が熱くなってくる。

「まさかとは思うけど僕と結婚したいと思ってたの？」

冬美さんは持ち上げた空のカクテルグラスの向こうから僕をにらんだ。

「そりゃあね。シュンくんがもう少し包容力と経済力があって家族を大切にするタイプで国際的に活躍してて髭《ひげ》が似合う渋さも持ち合わせててジョニー・デップに似てたら結婚したかったかな」

「それ僕じゃなくて完全にジョニー・デップだろ」ディズニーランドにでも行けよ。

「残念ながらそんな男はスクリーンの中にしかいないんだけど。気づくのが遅かった。もう私は手遅れかもしれない」

「おまけに貴重な二十代最後の二年間を売れない半端ミュージシャンとつきあって浪費してしまった？」

「自分でわかってるなら弁償してよ」と冬美さんは冗談めかして言った。

「もし男女関係に賠償責任が発生するのであればだれも恋などしなくなるのではないだろうか」と僕は翻訳の下手な哲学論文でも読むみたいに言ってみた。

「そうでもないよ」冬美さんはシンプルに否定した。「そういうこと考えてるから、私みたいにほとんど理想的でお買い得な女ともうまくいかないんだよ」

「じゃあ、どうしたらうまくいったんだろうね」

別れて以来、僕たちの間の会話はいつもこんな感じだった。事情を知らない人が傍《そば》で聞いていたら前衛劇の脚本でも練っているのだと思ったかもしれない。事情を知っている人だったら馬鹿かこいつらと思っただろう。しかし少なくとも、僕はわりと真剣だった。冬美さんの危うさに巻き込まれないようにと言葉を選ぶのに必死だったのだ。

「シュンくんには無理だよ。だって人を好きになったことないでしょ？」

すぐに反駁《はんばく》できなかった。僕がそのとき思い浮かべたのが、目の前でカクテルを傾けている冬美さんのことではなく、べつの女の子だったからだ。まぶたを閉じると、茶色のサングラスの向こうから猫みたいな目が笑いかけてくる。

「そうだね。……好きになったことは、ないな」と僕は嘘をついた。

＊

僕は新宿にある小さな音楽プロダクションにアーティストとして所属している。社員ではないが、もともとライター仕事出身で機械にも強かったので、ほとんど社員同然に便利遣いされていて、毎日オフィスに顔を出している。

一月五日の仕事始め、僕はいちばんに出社した。一週間も無人だったオフィスは外よりもさらに寒く、暖房はつけると焦げ臭いにおいがするくせにいっこうに暖まらなかった。

散らかしっぱなしの机の上を片づけていると、社員たちがぼちぼちやってくる。昼ごろ重役出勤してきた制作部長の和田《わだ》さんが、うきうき顔で寄ってきて言った。

「シュン、おまえの曲、コンペ通ったぞ」

「ほんとですか」ガッツポーズしかけて、思い出し、訊《たず》ねる。「えっと、どれですか？」

最近は、コネの限りにあちこちのコンペに楽曲を提出しているので、自分でもいま何曲が審査待ちなのかわからなくなっているのだ。

「ほら、あの、なんつったっけ、五人組アイドル、『プレシャス乙女』だっけ？」

「あああ……」

思わず気の抜けた声が出てしまった。和田さんは眉根を寄せてごま塩頭をがりがりかき混ぜた。

「なんだよ。不満なのか」

「とんでもない。ちょっと意外だっただけです。だいぶ攻めて作ったから。だってあれ三分間ずっとリフレインですよ」

「今はどこもライヴ受けを考えてるからな、おまえの作戦勝ちだよ。なんにせよめでたい。明日にも最初の打ち合わせだろ。あと、まだ本決まりじゃないが」

和田さんは声を少し落とした。

「サウンドプロデュースもおまえにやってもらうとさ」

僕は二度目をしばたたいた。

「いやなのか」

「え、い、いや……えっ？」

驚いていたので脳味噌《のうみそ》が現実に追いつかなかったのだ。

この業界にはプロデューサーと名のつく千種類くらいの違う仕事があるのだが、サウンドプロデューサーはその中でもいちばんわかりやすい。音源そのものについての制作管理者のことだ。予算もレコーディングに関してだけ考えればいいし、パッケージングにも宣伝戦略にも関与しなくていい。しかしもちろん、いちスタジオミュージシャンとは比べものにならないほど仕事も責任も増える。

「無理なら最初にそう言えよ、安請け合いして後でポシャるのがいちばん迷惑――」

「やります、やりますよ！　やらせてください」

事務所内の他のスタッフがぎょっとしてこっちを見るくらい意気込んだ声になってしまった。恥ずかしくなって咳払いし、息をついてから訊ねる。

「でも、なんでそんな話になったんです？　和田さんにそこまで権限ないですよね」

「俺は関係ねえよ。一文も入らねえし」

和田さんは楽曲コンペの話を知り合いの邦本《くにもと》さんというプロデューサーから聞いて、僕にやってみないかと持ちかけただけで、この仕事はまったくノータッチなのだ。

「あちらさんのご指名だとさ」

「はあ……」

邦本さんが？　僕、そんなたいそうなご身分だっただろうか？

「邦本じゃねえぞ。ＰＶの監督が、デモテープ聴いて、おまえにサウンド全部任せてみたいって言ったらしいよ」

ますます意味がわからなかった。

「なんでプロモの監督なんかに指名権があるんですか？」

「なぜってそりゃ大物だからだよ」

和田さんは散らかりほうだいの机に腰をのせて、禁煙用のハーブキャンディを口に放り込んでばりばり囓《かじ》った。

「ＰＶありきの企画だ、って言わなかったっけか？　映像パフォーマンスで目立たねえと売れねえ時代だからな。邦本が張り切って奇多嶋《きたじま》ツトムに頼んだんだ」

きたじまつとむ、という平凡な響きを聞いただけではわからなかったが、和田さんが手近に積んであったミュージック・ビデオクリップのDVDを手渡してくれたので、映像のところにクレジットされた奇多嶋ツトムというへんてこな字面で思い出した。めちゃくちゃ有名な映像作家じゃないか。海外の人気ミュージシャンのPVもいくつも手がけているし、最近じゃ映画も何本か撮って賞を獲《と》っていたはず。たしかに大物だ。

しかしそのとき僕の脳裏をかすめたのは、これほどの大物に見込まれたことを喜ぶ気持ちではなかった。これほどの大物を呼ぶなら映像に予算が回されて、サウンドの方は割を食っているだろうな……という心配だったのだ。ある意味ではプロデューサーは性に合っているのかもしれなかった。

＊

その夜、奇多嶋ツトムについてネットで調べた僕は、驚くべき記述にぶつかった。

四年前に結婚し、その二年後に離婚している。

元妻は、シンガーソングライターの海野《うみの》リカコ。

「ああ……なるほど……」

ひとりきりの真っ暗な八畳間で、電子ピアノの上のノートPCに向かってそんな言葉を吐きかけてしまう。なるほど。そういやバツイチだっけ、あいつ。

ノートPCを閉じると、冷え切った闇が僕を包む。たまらず、毛布を肩からかぶる。

驚くほど狭い世界だな、とあらためて思う。リカコの元夫が仕事相手なんて。

リカコはワールドツアーで百万単位の観客を動員するようなビッグネーム、僕はといえば音楽一本では食えずにフリーライターと二足の草鞋《わらじ》の便利屋スタジオミュージシャンだが、不思議と今も、一緒に食事をしたり酒を飲んだりといった関係が続いている。

彼女が二十五歳という若さにして離婚経験者であることは知っていたが、その話を本人から詳しく聞いたことはなかったし、ましてや元夫がだれかなんて気にしたこともなかった。映像作家ね。なるほど。それじゃあリカコの曲のPVも作っていたのだろうか、と調べてみたら案の定、初期作品のほとんどを奇多嶋ツトムが手がけていた。

動画サイトにつなぐと、彼のPV作品を片っ端から観《み》る。お手並み拝見、などという無礼な気持ちは最初の二分でどこかに吹き飛んでしまった。一曲観終わるたびに、もどかしくマウスカーソルでアイコンをまさぐって次の動画を求める。短めの曲であれば息をするのも忘れるほど一気に時間が過ぎた。

なぜこんなに手当たり次第になんでも請け負うのだろう、というのが最初に浮かんできた疑問だった。リカコのようなR&B系から、アイドル、ヴィジュアル系バンド、果ては演歌だのゲームのプロモーション動画だのまで作っている。中には曲が映像に完全に負けていて耳に全然残らないものまである。

どんな人物なのか想像もつかない。芸術家肌か職人気質《かたぎ》かというのは一緒に仕事をしていく上で早めに知っておきたい重要なポイントだ。

そしてなによりも、僕を指名した理由だ。偶然なのか？　音楽業界の狭さで片づけていいのだろうか。リカコがなにか関係しているんじゃないのか？

＊

僕の予想は当たっていた。翌日、打ち合わせのために大手レコード会社の本社ビルに出向くと、会議室で待ち受けていた奇多嶋ツトムは僕の顔を見るなりこう言った。

「あ、きみが蒔田シュンくん？　えっらい若いなあ、三十なのほんとに？　全然見えないなあ。リカコとはもうやったの？」

その場には邦本プロデューサーをはじめレコード会社のそこそこ偉い人が何人もいて、全員が凍りついた。僕もそのまま帰ろうかと一瞬思ったが、仕事で来ているのだと思い直す。

「……奇多嶋さんも全然四十代に見えませんよ」

売り言葉を買いつつ、リカコの件からは話をそらしてみた。奇多嶋ツトムは真っ白な歯を見せて笑った。

「だろ? 女口説くとき年齢予想してもらって毎回ウケが取れるから便利なんだ」

邦本プロデューサーははらはらしながら僕と奇多嶋さんを見比べている。僕もこんな軽薄そうな人物像は予想していなかった。奇多嶋さんは襟の高いダブルブレストの白いシャツを腕まくりして、大きく開いた胸に銀鎖を見せていた。肌は日焼けしてグランドピアノみたいに光沢がある。ひさしの深い顔つきはワイルドなのにどこか貴族的だ。呼吸するように女の子を口説く人種なのだろうな、と思う。リカコもころっとやられたのだろうか。

「僕のことは、リカコ……さんから聞いてたんですか?」

リカコを危うく呼び捨てにするところだった。奇多嶋さんは耳ざとかった。

「いつもみたいにリカコでいいよ。気にすんなよ。もうおれの女房じゃないんだから」

「はあ」「は、はは」「いや、まあ、その……」

臨席したレコード会社の連中が苦しそうな愛想笑いを交わしている。心底同情した。

奇多嶋さんは気にせず僕に言う。

「リカコ、最近は逢うたびにきみの話ばっかりだからさ。前から興味あったんだ。いっぺん逢ってみたかった」

「そう……ですか」

離婚した男とそんなによく逢ってたのか。いや、僕にしたって冬美さんとしょっちゅう飲みに行っているのだから、おかしな話ではないのだけれど。

「でも、そんなことのために僕に仕事任せるなんて」

「おい。そんなわけないだろ」

奇多嶋さんの目つきが険しくなる。

「蒔田シュンって名前を確認したのはデモテープ審査で決めた後だよ。当たり前だろ。二百本くらい聴いたんだぜ。いちいち作者の名前なんて見ないよ」

「うん、そう、そうだよ」

ようやく口を挟める機会を見つけた邦本さんが卓に身を乗り出してきた。

「奇多嶋さんには、予備選からつきあってもらったんだ。最終候補は四本まで絞ったけど、ほとんど満場一致で蒔田さんの曲に決まったよ」

僕は奇多嶋さんに頭を下げた。

「すみません、変な勘ぐりして」

ところが彼は意地の悪そうな笑みを浮かべる。

「サウンドプロデュースまで任せようって決めた理由は、きみのその変な勘ぐりが当たってるかもな」

「え……」

「リカコがえらくきみのセンスを買っているようだから、試してみたくなった」

僕は黙り込む。

彼女にそこまで認められるようなことをしただろうか？　瀧寺《たきでら》さんとの盗作騒動のときも、岩井《いわい》さんを説得するときも、妙な形で巻き込んでしまったけれど、あれはべつにミュージシャンとしての仕事じゃなかったし……。

「安心していい。リカコは寝た男だからといって贔屓《ひいき》する女じゃない。音楽に関しちゃまるで嘘のつけないやつだから」

寝てねえよ、と答えかけ、言葉を呑《の》み込み、僕は手のひらでまぶたを強くこすった。

「その話はまた後にしましょう、今は、ほら、打ち合わせですから」

邦本さんがすかさず咳払いした。

「そう、そう、ではさっそくヴィジュアルコンセプトから、まずはうちの『プレシャス乙女』の、これまでのPVをざっと観ていただいて」

だれかが手早く会議室の照明を落としてプロジェクタを回す。会議室奥のスクリーンに映し出されるのは、ミニスカートから伸びるまぶしい五対の脚だった。カメラが引いて女の子たちの全身がフレームにおさまる。同調して薄っぺらいビートがフェイドインしてくる。

一曲観終わったとき、奇多嶋さんが全員に聞こえるはっきりした声で言った。

「歌へったくそだな。こりゃあ作り甲斐《がい》があるわ」

この人、敵が多いだろうなあ、と僕はひそかに思った。

＊

レコード会社の人が夕食の席を設けてくれていたというのに、奇多嶋さんは打ち合わせが終わると「おれ、蒔田くんとサシで飯食うわ」なんてことをいきなり言い出し、僕を青山《あおやま》の高級そうな寿司《すし》屋に連れていった。

つまみの刺身盛り合わせも出てこないうちから日本酒を二合あけてしまった奇多嶋さんは、二本目を頼んでようやく人心地ついたのか、まともに僕の顔を見た。

「日本に来るとだいたい最初はこの店の寿司食うことにしてんだ。東京はなんかもう来るたびに様変わりしてて、気に入った店もあちこち潰れるし、やりきれない」

「……海外に住んでるんですか」

「シドニー」

「今頃は桜がきれいでしょうね」

「夏だよ。そんなまじめくさって適当なこと言うなよ」と奇多嶋さんは笑う。「でも日本とあんまり変わらないな。全然不便はないから一緒に住もうってリカコに言ったんだけど、あいつアメリカ育ちのくせにけっこう日本好きなんだよな……」

刺身が運ばれてきても、僕はまだ座敷席向かい側の奇妙な男とどういうスタンスで接するべきか決めかねていた。リカコの話をするために夕飯に誘ったのだろう、ということはわかるのだが、好奇心のままに訊ねて怒らせたりしないだろうか。

慎重に言葉を選んで訊ねる。

「リカコ……さんとは、結婚してからも離れて暮らしてたってことですか」

「お互い忙しかったし。結婚する前の方が一緒にいる時間は長かった気がするな」

「そりゃあ……まあ、うまくいかないでしょうね。それで離婚ですか」

「いや、離婚はおれが浮気したせいだけど」

「最低だな！　気ィ遣って喋ってた自分が馬鹿馬鹿しくなってきましたよ！」

奇多嶋さんはげらげら笑った。

「世の中にはリカコほどじゃないがいい女がたくさんいるんだ。おれは悪くない。って言ったのにリカコは聞いてくれなくてさ、殴られた」

「殺されても文句言えませんよそれ……」

「蒔田くんはどうなの。リカコとはうまくやってんの？　あいつ、飲み友だちくらいならいいけど、彼女にするとたいへんだろ？」

僕は味もよくわからない刺身を喉に押し込んだ。

「……べつにそういうんじゃないです。ただの飲み友だちです。リカコもそう言ってたんじゃないんですか？」

「へえ？」

気づくと奇多嶋さんは二本目の日本酒も空っぽにしていた。しかし酔いは顔にまったく出ていない。

「やってないの？」

「やってないです」

「でもいい女だろ？」

「すごくいい女ですね」

「なんでやってないの？」

難しい問題だった。考え込んでいる間に寿司が来てしまった。出逢ってから六ヶ月、リカコを口説こうなんて思いつきもしなかった。なぜだろう？　色んなごまかしの言葉が思い浮かんだけれど、僕はそれをみんな舌ですり潰した。

「要するに、びびってるんじゃないですか」

他人事《ひとごと》みたいな言い方で、やっと答えることができた。

「同業者じゃなかったら、無邪気にコナかけてたかもしれないです。でも、僕もこんなんでも一応音楽で飯食ってるから。……なんていうか、触るのが怖いんですよ」

奇多嶋さんは鯵《あじ》の握りを口に放り込み、時間をかけて呑み込んだ。

「おれが別れたほんとの理由も、それだ」

「……え?」

「あいつ容赦ないから。最初に仕事したときからわかっちゃいたんだけどさ。普通、つきあってたり結婚したりで距離感変わったら、なんかしら気を遣うようになるだろ? でもあいつはそういうの全然ないの。おれの言ってることわかる?」

「わかりません」

「そうか」

奇多嶋さんはいつの間にか注文していた三本目の日本酒をデキャンタから残らずタンブラーに注いだ。あふれた酒が彼の袖を濡《ぬ》らした。日焼けのせいでわかりづらいだけでどうやらけっこう酔っ払っているようだった。

「なら、今回の仕事のこと、あいつに詳しく話してみな。わかるから」

*

僕から話すまでもなかった。次の週、久しぶりにリカコから電話があり、夕食時に新宿のピザ屋で落ちあった。低音域のかすれたちゃちなスピーカーでしじゅう古くさいロカビリーがかかっている店だった。その日のリカコは深緑のロングコートに黒いニットのワンピースというかっこうで、髪のウェーブが消えているせいもあってだいぶ大人びて見えた。年明けまで続いていたヨーロッパツアーの疲労がまだ抜けきっていないのか、目に少しくまができていた。

ひとしきり注文を終えてから彼女は言った。

「トムさんに逢ったんだって？」

一瞬、だれの話かわからなかった。しばらく考えて、ツトムを略してトムだということに気づく。

「うん。一緒に仕事することになったんだ」

「あの人、下品でしょ」

いきなり悪口から始まるとは思っていなかったので、面食らう。

「……う、うん。まあ」

「わたしといるとき、下ネタしか言わないの。ほんとにもう片時も休まず」

「生まれた瞬間から自分の母親にセクハラしてたんじゃないかってくらいだったね」

「そう！　おまけに偏食！　そりゃ、わたしは料理下手だけど一口も食べないなんてひどすぎない？」

こういう話を聞くと、夫婦だったんだな、と実感してしまう。

「なに作ったの？」

「タイカレー」

「スパイス苦手なのかな。パクチーとか食べられない人けっこういるけど」

「魚好きだっていうから真鯛《まだい》まるごと入れたのに！」

そっちのタイかよ。そりゃ食わないよ。

「あと、寝相が最悪。一緒のベッドに寝てたのに、朝起きたらトムさん台所でわたしはお風呂場にいたもん」

「お互い様じゃん」

それから二十分ばかり、リカコの愚痴につきあわされた。そうとう腹に据えかねていたようで、やってきたピザを三枚重ねで頬ばるという豪快な食べ方をする。放っておくと自分のぶんがなくなってしまうので僕もあわてて皿に手を伸ばす。

「あのさ、なんで結婚したの？」隙をついて訊いてみる。

「同居じゃないから色々我慢できると思ったの！　間違いだったけど！」

その後も、置き場所がなくなるくらい靴を買いまくるとか、風呂が長いとか、なにも言わずにふらっとシドニーに戻ってしまうとか、そういった生活面での不満点ばかり続いたので、僕はちょっと不思議に思ってまた口を挟んだ。

「浮気されたんでしょ？　本人がそう言ってたけど。それはいいの？」

リカコはきょとんとした顔になった。それから、気まずそうに視線をそらす。

「それは、……わたしの責任だから。……怒ってない」

「……え？」

　リカコの責任ってどういうことだろう。それに、たしか浮気がばれて殴られたって奇多嶋さんには聞いたけど。怒ってない？

「もっと尽くしてたら浮気されなかった、みたいな話？　たまにそういう娘いるけど、リカコがそんなふうに考えるとは思わなかったな」

「ちがうちがう！　だからね、蒔田さん、犬飼ったことある？　ない？　わたしもないけど、あのね、飼い犬がよそん家でウンコしたら飼い主の責任でしょ？　でも犬に対しては叱るでしょ？　そういうことなの、わかった？」

　僕はあきれて、気の抜けた黒ビールを一気に喉に流し込んだ。

「これまで、浮気された女の子の話を何度となく聞いてきたけど、間違いなくいちばんすごい意見だよ」

「蒔田さん、そんなに浮気してんのっ？」

「僕じゃないってば。第三者として」

「そんなに浮気された直後の女の子と話す機会あるの？　なんで？」

　なぜ詰問調なのかよくわからないが、僕はよく考えてから慎重に答える。

「何度となくっていうのはちょっと話を盛りすぎたかもしれない。ごめん」

リカコは頬をふくらませ、それから息を吐き出して言った。

「まあね。色々喋っちゃうのもわかる気がする。蒔田さん、いくらゴミ放り込んでも汚くならないゴミ箱みたいだもん」

「それ褒めてるの？」

「べた褒めだよ」

僕は最後に残ったピザの一片にタバスコをたっぷりかけて喜びを表現した。囓ると涙が出てきた。

「トムさんも、どうせわたしの話、あることないこと喋ったでしょ？」

「それは、うむ、今後の人間関係を考えて、記憶から消すように努力するよ」

なにせあのセクハラ野郎、酔いが回ってくるとリカコとの性生活についてべらべら喋り始めたのである。勘弁してほしかった。

「奇多嶋さんとは、仕事相手ってだけだから。うん。これからは誘われても飲みにいかないようにする。僕はサウンドだけのプロデュースだから、ＰＶにはそこまで関わらないし」

「そういえば蒔田さん、プロデュースはじめてだよね。ううん。第一歩があれか。仕事選べる段階じゃないんだろうけど。トムさんも、なんでギャラがいいからってほいほい引き受けるのかなあ……」

僕は訝《いぶか》しく思ってリカコの顔を見つめた。

「あれ、って？」

「だから、その……」

リカコは言いかけ、唇を噛《か》んで首を振った。

「この話はやめよう。蒔田さんとこういう話したくない」

僕は奇多嶋さんの言葉を思い出す。別れたほんとうの理由。リカコに、仕事の話を聞かせてみれば、わかる。

「気になるよ」と僕はつとめて抑えた声で言った。ほんの一言口にしただけなのにひどく喉が渇いた。

「なんでもないってば」

「仕事に関わることなら、ちゃんと聞くから、言ってよ」

「だって蒔田さんきっと怒るよ。トムさんも怒ったもん」とリカコは唇を尖《とが》らせる。

ああ、これが核心なんだ、と僕は思う。

「怒らないよ。言ってくれない方がなんだか哀しい」

上目遣いの不安げな視線が返ってくる。

「ほんとに怒らない？」

「約束するよ」

安請け合いだった。そのときの僕は、仕事についてなにかリカコの意見を聞きたいという気持ちよりも、奇多嶋さんとの仲が壊れた理由を知りたい好奇心の方がずっと勝っていた。

リカコはビールをぐっと飲み干してから、トマトソースで汚れた空の大皿を見つめて口を開いた。

「あのさ。聴いたよ。蒔田さんとトムさんが今度やる、あのアイドルグループ」

そこでリカコは唾を飲み下し、だいぶ長い沈黙の間をつくる。持ち上げた目には暗い火が灯《とも》っているように見えた。

「歌、下手でしょ。もう絶望的に」

僕は面食らって、「……えっ？」と声を漏らす。

「なんで蒔田さんが、あんなののプロデュースするのかわからない。ねえ、なんで歌が下手なのに歌で売り出そうとすんの？　おかしくない？　歌が下手なんだから素直にあきらめて他のことで頑張ればいいのになんで歌うの？　いつも思うの、ネットとかテレビとかで下手なのが歌ってるの見るたびに思う。トムさんもなんで下手くそのために才能無駄遣いしてPV喜んで作ってるのかわからない。予算でっかい仕事ならなんでも請けちゃうんだよ、あの人。許せないよ。それで何度もけんかした」

僕は小さく息を吐くのがやっとだった。

そんなガキみたいな理由かよ、と最初は思った。けれど徐々に熱を帯びていくリカコの声を聞いているうちに、身体が戦慄していることに気づく。あまりにも、あまりにも根源的でクリティカルな怒りだからだ。リカコの最も大切な場所から放たれた叫びだからだ。

吐き出し終えたリカコは目を伏せた。店の天井近くの小さなスピーカーから、季節外れの『サマータイム・ブルース』が空々しく聞こえた。

「……ごめん」

リカコのつぶやきが皿にたまったオリーブオイルの湖面に落ちた。

「やっぱり、こんな話しない方がよかったよね」

僕は情けないことに、なにも言葉を返せなかった。伝票を手に立ち上がる彼女を引き留めることさえできなかったのだ。

「今日は、帰るね。ごめん」

＊

サウンドプロデューサーの仕事の第一は、聴くことだ。

自分のプロデュース対象を聴き込み、参考になりそうな音楽も聴き込み、参考にならなそうな音楽もひたすら聴き込む。引き出しの多さはこの業界で仕事をしていく上での基礎体力みたいなものだ。

リカコと別れ、とぼとぼ部屋に戻った僕は、暖房もつけずに、毛布を頭からかぶってヘッドフォンで固定するという珍妙なかっこうになり、ＰＣに向かう。

まずは『プレシャス乙女』のこれまでのレコードを片っ端から聴く。平均年齢十六歳そこそこの五人組の舌足らずなユニゾンは連続で聴いていると頭がぼやけてくる。続いて、似たような立ち位置のアイドルグループの曲にも手を伸ばす。

アルコールを入れたら感覚が鈍ると思って最初は我慢していたけれど、じきに限界に達した。寒すぎた。部屋も、小娘どもの素人丸出しの歌い方も。ヘッドフォンをむしり取って台所からウィスキーの角瓶をとって戻ってきた。瓶から直接ちびちび飲みながら再びアイドルソングに身を浸す。

下手だ。そりゃあどいつもこいつも下手だ。

リカコと比べればたいがいの歌手は下手だろうが、そういうレベルの話ではない。日本のアイドルグループがなぜそろいもそろってあんなに大勢でユニゾンで歌うのかというと、ソロで歌わせると音程や声量の不安定さがあっさり露呈するからなのだ。

僕も常々、日本人は音痴に世界一寛容な民族なのではないかと思っている。だから他の国ではとても市場に出回らないような音源がこの国ではちゃんと売れる。

酔いが脳味噌の真ん中で粘土のように固まってきた。もう、ハイハットシンバルと椅子の軋《きし》みの区別もつかなくなってきた。ヘッドフォンを頭からむしりとり、毛布を身体に巻きつけたまま布団に倒れ込む。

リカコは、ごく当たり前のことを言っただけだ。

当たり前のことがどうしてここまで深く突き刺さって消えないんだろう。どうしてヘッドフォンを外したはずなのに音楽は消えないんだろう？

携帯電話の着信音だ、とようやく気づく。真っ暗闇の中で液晶画面の点滅を探し、拾い上げる。指はかじかんでいて、ほとんど感覚がない。

「……もしもし」

『リカコに怒られたよ。仕事の話、したんだって？』

奇多嶋さんの声はなんだかひどく愉快そうに聞こえた。僕が酔っているせいか、それとも被害妄想だろうか。

『きみをプロデュースに指名したおれが悪いんだそうだ。あんなに怒ってるのは久しぶりに聞いたな、電話が壊れるかと思ったぜ』

「……べつに奇多嶋さんは悪くないですよ。だれも悪くないです」

『おれの言ってたこと、わかっただろ？　どんだけのこと言われたの？』

僕は正直に話した。下手くそが歌うことへのシンプルな怒りと、そこから派生した僕や奇多嶋さんへのいらだち。

『あれ言われると、落ち込むだろ』

「ええ、まあ」

答えながら、僕はぼんやり考える。落ち込んでいるのだろうか。どうして？

『それで別れたんだよ。べつに仕事一本請けるたびに文句言われるわけじゃなかったけど、なんか言いたげだからって詳しく訊いてみたらボロクソだ。疲れるんだよ。一緒に暮らせるわけがない。仕事の話題なんざ家で出さなきゃいいって話だが、不満そうなのは空気でわかっちまうし、気持ち悪いから言いたいことあれば言えよって問い詰めちまうし……』

奇多嶋さんも落ち込むんですか？　どうして？　だってあなたもプライドをもって脚本を書き、絵コンテを引き、映像を組み上げているはずでしょう。下手くそな歌がPVの力で売れたとしたら、それは映像作家の誇りになるはずだ。リカコは奇多嶋さんが金を積まれればなんでも仕事を請けると非難する、でもここは芸能界だ。客が投げた金がすべてのシンプルでわかりやすい世界だ。他の世界はどうか知らないが、ここで生まれた利益はだれかが受け取った幸せの量とぴったり等しい。リカコになにを言われようが恥じる理由などひとつもない。どうして落ち込む必要があるんだ？

その思いを実際に口に出して言ったのかどうか、自分でもよくわからない。電話はいつの間にか切れていた。言葉にならない言葉は黙って冷え込んだ受話器にぶつかり、跳ね返って僕に刺さる。

どうして僕はリカコを呼び止めることさえできなかった。なぜ一言も返せなかった？　渦巻く吐き気にも似た疑問の底に沈んでいる感情は、知っていた。記憶にある感触だった。胸の内側を引っ掻く痛痒《つうよう》は、リカコと出逢ってから何度も味わったものだ。

悔しいのだ。

携帯電話を投げ出し、身を起こす。

耳の穴から大きな陶製の鈴を押し込まれたような、ごろごろした頭痛が襲ってくる。吐き気をこらえ、ピアノの椅子に身体を引っぱりあげる。

僕がつくり、編み上げ、磨き上げようとしている歌は、何万人もの寛容な日本人の心には届くかもしれない。でも、リカコには届かない。それがただ悔しいのだ。

ヘッドフォンをかぶり直し、ノートPCを再び開く。毛布は足下でとぐろを巻いていて、僕と一月の冷気とを隔てているのは薄っぺらいTシャツとジーンズだけだったけれど、寒さはまるで感じなかった。酔っているせいでもなかった。頭のぼやけた鈍痛はいつの間にかきれいさっぱり消えていた。再生アイコンをクリックすると、不気味なほどクリアな頭の中に、またアイドルソングが流れ込んでくる。マーガリンに砂糖を入れたみたいな歌声だな、とあらためて思う。

けれど、これが僕の手札なのだ。

いくつか考えていたアレンジ案をすべて廃棄する。書き上げていた歌詞も捨てる。シーケンサを起《た》ち上げ、デモ音源をいちから作り直し始める。画面を見つめている間、できるのか？　いけるのか？　という自問がずっと頭の中で回っていた。

できあがったデモ音源を邦本プロデューサーと奇多嶋さんにメールで送信し終える頃には、夜が明けていた。マウスから手をはなそうとするだけで肩が悲鳴をあげた。僕はそのままピアノの蓋に突っ伏して眠りに落ちた。

＊

「……これ、これねえ、これ、ううん、レコーディングどんだけかかるの？」

二度目の打ち合わせで邦本さんは言った。もう五十近くて恰幅《かっぷく》のよい人で、ヒット作をいくつも送り出してきた大物プロデューサーなのだけれど、喋り方がおネエっぽいので貫禄《かんろく》は全然ない。

「予算厳しいって話したよね？　アイディアはいいと思うけど、これじゃあ」

「アレンジとプログラミングは全部僕が自分でやります。エンジニアさんだけ贅沢《ぜいたく》言わせてください。見積もり、これです。収まります」

僕が手渡したプリントアウトに目を落として、邦本さんはうなる。

レコーディング・エンジニアはその名の通り録音機器を扱う役目の人なのだが、けっしてただの操作係などではない。ギタリストやドラマーなどと同じくミュージシャンであり、しかもどんなアレンジでも欠けることのない最重要パートだ。難しい曲になるはずなので、そこだけは最高の人材を使いたかった。他は節約人事だ。できる限り僕自身で済ませる。

邦本さんは、もう一枚の紙に目を移す。編曲に合わせたPVのアイディアが書き連ねてある。邦本さんの隣の席の奇多嶋さんは、腕組みして渋りきった顔をしていた。

「……いつからサウンドプロデューサーがおれの領分に口出すようになったんだ」

普段の軽薄な口調はどこかに消し飛んでいて、映像作家としてのエゴとプライドが剝《む》き出しになっていた。その日はサングラスをかけているせいもあって、暴力的なまでの威圧感だった。気圧《けお》されはしたが、退《ひ》くわけにはいかなかった。彼の目を見つめ返す。

「曲が先にできるんですから、イメージは共有するべきじゃないですか？」

「曲だけ黙って渡せよ」

「この曲のどこがすごいのかは、僕がいちばん把握してます。だから、どこをどうやって映像でアピールすべきかも僕がいちばんよく知ってます。それに僕は奇多嶋さんとちがって——」

言いかけて、口をつぐんだ。

「――なんでもないです、すみません」

口を滑らせたように見せたのは演技だった。奇多嶋さんは目を細めた。

「……なんだよ。おれとちがって？」

サングラスに針を突き立てるくらいの勢いで視線を返す。三人だけの打ち合わせでよかった、と僕は思う。邦本さん以外にだれかもう一人でも部屋にいたら、びびってこの先を続けられなかっただろう。

「奇多嶋さんとちがって、僕は落ち込まないですよ、あれくらいで」

もちろん邦本さんはわけがわからず目をしばたたき、僕と奇多嶋さんの顔を見比べた。奇多嶋さんは歯を軋らせた。僕は乾ききった唇を湿らせて、言葉を継ぐ。

「言われっぱなしで悔しいだけです。だから、こっちからねじ伏せてやります」

奇多嶋さんは歯を剝き、プリントアウトを握り潰した。邦本さんがぎょっとして腰を浮かせた。僕も一瞬、今ならまだ謝れば赦《ゆる》してもらえる、なんていう情けない考えが頭をよぎった。しかし奇多嶋さんは、ぐしゃぐしゃに丸められた企画書を邦本さんの方に押しやっただけだった。

「……決定権はあんただ」

僕は安堵《あんど》を気づかれないように息を吐くのにだいぶ苦労した。邦本さんは握り固められた紙をおっかなびっくり開き、僕と奇多嶋さんの顔をちらちらうかがう。

「……これ、これも、これもねえ」

声にまで脂汗がにじんでいるみたいに聞こえる。

「できるの？　画像処理にどんだけかかるの？」

「知り合いにあてがあります。もう話を通してあります」

僕はきっぱりとした口調で嘘をついた。手のひらが汗ばんでいた。あてはあるが、話などしてもいない。ただ、まずこの場で企画を通すためにはったりが必要だったのだ。

邦本さんは、三十秒くらい僕の顔を見つめた後で、ため息混じりに言った。

「……いいでしょう。やってみなさい」

後で聞いた話だが、僕の強気がはったりであることは、しっかり見抜かれていたのだそうだ。大したプロデューサーである。

＊

会議室を出ると、すぐに冬美さんに電話をかけた。

『はあ？』

あまりにも唐突な申し出に、案の定彼女は素っ頓狂な声を出した。

『なんなの、いきなり仕事中に電話してきたと思ったら、なんの話？』

「だから、冬美さんの会社で、そういう画像処理ソフト、開発してましたよね？」

僕は熱っぽい声で考えを語った。冬美さんの相づちがどんどんあきれた調子に変わっていくのが電話越しにもはっきりわかる。

「ＰＶに使いたいんです、提供してもらえませんか。大々的に放映されますし、宣伝になりますよ」

『……あのねえ、そんなの突然言われても困る。ビジネスの話なら、そちらの責任者からまず話を持ってきてくれる？』

「その責任者が、僕です。僕がプロデューサーです」

もう、嘘に嘘を重ねて、最初の嘘を真実に変えるしかなかった。使える手札はなんでも使う。敵は海野リカコなのだ。まともに戦って勝てる相手じゃない。

しばらく、電話口からはオフィスのざわつきやハードディスクの稼働音や遠くで電話の鳴る音だけが聞こえていた。冬美さんはどんな顔をしているだろう。想像しようとすると、どうしても、僕から別れを切り出したときの半分笑って半分泣いているような顔が浮かんでくる。あれは何年前だったっけ。僕はあの当時から一ミリも成長せず、わがままで冬美さんを困らせてばかりなのだろうか。

『……ひとつ、条件があるけど』

冬美さんの声で我に返る。

「ありがとう」

『まだお礼は言わないで、上司に話を通してみるだけなんだから。それより、個人的な交換条件』

「なんでもする」

『なんでも？』

彼女の声に笑いがするりと忍び込む。

『ほんとになんでも？』

「できることなら」

『そんな難しいことじゃないの。私の質問にね、ひとつだけ、正直に答えてほしいの』

「質問？　どんな？」

『それは、このビジネスが通ったときのお楽しみ』

電話は切れた。

僕は閉じた携帯電話をじっと見つめた。質問？　質問に答えるだけ？　なんだろう。どうして冬美さんは愉快そうだったんだろう。

わからない。首を振って、それ以上考えるのをやめる。仮に頼んだことのすべてがうまくいったとしても、音源が僕の考えた通りのものにならなければ、みんな無駄になる。

けっきょくは音楽のできばえ次第だ。平均年齢16・5歳の彼女たち五人から、機械の力で引きずり出さなければいけない。

ほんの一瞬だけの、最高を。

＊

シングルの発売を二週間後に控えた五月はじめの夜、シドニーの奇多嶋さんから電話がかかってきた。

『おまえ、あれからリカコと連絡とってる？』

挨拶も前置きもなく訊かれる。

「いえ、全然。……最後に逢ったとき、あんまり気持ちのいい別れ方をしなかったんで、その、気まずいというか」

シングルが発売になったら、それを口実にリカコに電話しよう、と考えていたのだ。

奇多嶋さんはあの下品なげらげら笑いを太平洋の向こう側から響かせてくる。

『だからだめなんだよ、おまえ。おれにあそこまでデカい口叩《たた》いておきながら、女相手にはびびるのか。そんなんじゃ何年つきあっててもやれねえぞ』

「だから、つきあってるわけじゃ――」

『ああ、そう、それ。リカコとつきあってるわけじゃないんだよな？』

僕は唾を飲み込み、携帯電話を左手に持ち替えた。

「……ええ。そうですけど」

『あのシングル、リカコの新作と発売かぶるだろ？』

「そういえば……」

『ランキングでこっちが勝ったらシドニーに一緒に来てくれって言っといた。これまでPV何十本もつくってきたが、こんなに発売が楽しみなのははじめてだよ』

電話はぶっつり切れた。

僕は着信履歴をじっと凝視しながら、ため息のつき方をなんとか思い出そうとした。複雑な気分、としか形容しようのないわだかまりが喉につっかえていた。椅子から立ち上がることもできずに液晶画面を見つめている間に、時刻が零時を回り、決戦の日がまた一日近づいた。

＊

発売日の十九時に、新宿アルタ前で冬美さんと待ち合わせた。

ガードレールに腰掛け、渋滞にいらだつ車のエンジン音や、新宿駅東口からロータリーへと流れ出す何百人もの雑踏のざわめきや、ドラッグストアの呼び込みの声や、線路を嚙む列車の足音に意識を浸す。

やがて、聞き慣れたリズムパターンが空から降ってくる。

見上げると、ビルの正面に掲げられた巨大な街頭ビジョンに、『プレシャス乙女』のロゴマークが大写しになっている。

NEW SINGLE NOW ON SALE……

カメラが引いていく。真っ白な画面に立つ一人の少女。ブレザーとチェック柄のスカート、ハイソックス、襟のリボン、すべてが高校生という記号を維持できる限界ぎりぎりまで可憐でセクシーなアレンジを施されている。古き良き時代――まだコンピュータが冷蔵庫なみに大きく、配線を手で引っこ抜いたり挿したりしてコマンドを送り込んでいた時代の、暖かくてざらついたディスコビートが走り出す。イコライザの波打つ様が、ヴェロシティの数値の並びが、見えるようだ。僕の指先から機械に送り込まれ、駆け巡り、こうして世界中に放たれつつある音楽。肩をすりあわせながらアルタ前を行き交う人々が、一人、また一人、足を止めてビジョンを見上げる。

循環コードの二巡目に重ねられたその音は、まるで人間の声には聞こえなかった。自分で作った僕ですらそうだったから、聴いている人々はなお戸惑い、揺さぶられただろう。けれど、一音ずつ区切られた連なりは、ナンセンスな言葉をやがて形作る。不安感と焦燥感が加速する中、少女が腕を持ち上げ、踊り始める。雑踏のさざめきが遠ざかる。「わぁ……」とだれかが声を漏らすのがわかる。いくつもの感嘆のため息が僕の意識の底を浸す。少女がステップをひとつ踏み、傾けた顔を正面に戻すたびに、べつの少女の顔がそこにある。まるで水でできた像のように、五人のアイドルたちの蠱惑《こわく》的な笑顔がひとつの肉体を目まぐるしく彩る。どれほどの量の演算と画像処理がこの不気味なくらいなめらかな移ろいを実現させたのか、もう僕には想像もつかない。

旋律にハーモニーが重ねられた瞬間、少女の身体がかすかにぶれ、横に膨らんだかと思うと、二人に分裂する。三人目の分裂はさらに形容しがたい。重なった二人の手足からにじみ出るようにして中央にもう一つの制服姿が現れたのだ。サイケデリックなリフレインが不協和音を含みながら展開していくにつれ、少女のダンスはエッシャーのだまし絵のごとき世界にのめり込んでいく。四人目と五人目が、いつどうやって画面に現れたのか、気づけた者はおそらく一人もいないだろう。何度もこのPVを観ている僕でさえ、映像の麻薬と魔術にまみれて見失ってしまうくらいなのだ。

「……すごいね、これ」

ふと、声がした。冬美さんだということはすぐにわかったけれど、ビジョンから目を離せなかった。視界の端に彼女の明るい色の髪がよぎった。僕の隣に並んで、PVを見上げているのだ。吐息が僕の頬に触れた。

「うちのソフトでこんなことができるんだ。……ねえ、これ、犯罪者のモンタージュとかに使う技術だよ。あはは、信じられないよ」

「僕も信じられないよ、今でも」

歌詞に合わせて顔がシームレスに変化していく——という僕の子供じみたつまらないアイディアの、はるか一万キロ上空を、奇多嶋ツトムのイマジネーションは軽々と飛び越えていったのだ。こんなすさまじいクリエイターに面と向かってイメージを共有しようなんて言っていた自分が死ぬほど恥ずかしい。

「この歌、どうなってるの？　どうやったらこんな、魔法の呪文みたいになるの」

冬美さんはつぶやく。魔法の呪文、と僕は思う。そうかもしれない。絞り出し、混ぜ合わせ、綴《つづ》った血文字。

「すごい……声。こんな声でずっと歌えるの？」

「人生でいちばん哀しいことがあったときの泣き声みたいでしょ」

「言い方趣味悪いよシュンくん……わかるけど……」

冬美さんが身震いするのが触れあった腕から伝わってきた。

「歌じゃないんだ、これ」

僕は酩酊《めいてい》した世界の中で踊り狂う乙女たちを見つめながら言う。

「ひとりひとり、みんなちがう。喉の構造も、声の出し方も。だれにだって、いちばん力強く発声できる音程と音韻があるんだ。だれでも——スタジオに丸一日閉じ込めて、音域と発音を調べ尽くして、確かめていけば……ほんの一音だけなら、最高の声が録《と》れるんだ」

八時間かけて『プレシャス乙女』の五人を絞りあげ、抽出した、彼女たちの《最高》の一瞬。それをひとしずくずつサンプリングし、意味と無意味の境目の詩に織り上げたのが、この曲だ。歌じゃない。呪文なのだ。今の僕に、そして彼女たちに成せる限界の音楽。移ろいながら無限に続く循環曲《パッサカリア》。

ビートが遠ざかっていく。少女の姿が花畑の中に溶け込んでいく。気づくと、アルタ前の歩道は、陶然とビジョンを見上げて立ち尽くす人々で埋め尽くされていた。フェイドアウトするリズムにかぶせて、シングルの曲名が画面の真ん中に浮かび上がる。

「……なんでこんなタイトルにしたの」

冬美さんは『恋愛論』というその曲名を見つめてつぶやく。

「歌詞、意味わかんなかったけど、ラブソングじゃなさそうだったし」

「そのまんまだよ」

僕は息を吐くように答えた。

「恋するからくりってこんなものかなと思って作ったんだ。その人の最高に美しいところしか見えなくなるし、聞こえなくなるんだ。魔法だよね」

そうしてだれもが五人の少女たちに恋をするようにと。

冬美さんは夜空を仰いで乾いた笑い声を散らした。でも、だれも気にも留めなかった。魔法が届かなかった人々は忙しく道を往《い》き過ぎるばかりだし、魔法にかかった人々はまだ音楽の余韻に酔いしれて画面の光をぼうっと見つめていたからだ。

「魔法だね」と冬美さんは僕の言葉を繰り返した。ようやく僕は彼女を見ることができた。桜色のカーディガンが車道からの風を孕《はら》んで舞い上がる。いつの間に冬が終わって春がやってきていたんだろう。行き交うヘッドライトの逆光に彼女の細い身体のラインが浮かび上がる。僕はまぶしさに目を細めた。どうして今夜はこんなにきれいなんだろう、と思った。それを素直に口にしていたら、夜の行く先はまた変わっていたのかもしれない。言うべきだったのか、黙っていてよかったのか、わからない。

「……じゃあ、私は帰るよ」と彼女は東口への横断歩道に足を向ける。

「え？　だ、だって、待ち合わせたばっかりだよ」

「いいの。もう用事は済んだから」

「済んだ？　だって、あの、話があるんでしょ？　交換条件……なんでもひとつ正直に答えろって、その話じゃないの？」

「だから」

冬美さんは振り向いて肩越しに微笑《ほほえ》む。

「もういいの。訊かなくてもわかったから」

僕はわけもわからず、歩道の際に立ち尽くし、彼女の背中が人混みの中に呑み込まれていくのを見送るしかなかった。背後の高みで、また気だるげなビートが響き、だれかのつまらない歌が街に降り注ぎ始めた。

*

ひとりで歌舞伎町《かぶきちょう》をしばらくさまよい、ゴールデン街のしょぼくれたラーメン屋で空腹を満たし、バーを二軒はしごした。だれとも喋る気になれなかったし、家に帰る気も起きなかった。頭の中ではずっと、『恋愛論』のメロディと冬美さんの最後の言葉とがコラージュされて繰り返し響いていた。そうなるように作った音の麻薬だからだ。耳に残り続けて、洗い落とすこともできない。

車通りの少なくなった明治通りを高田馬場《たかだのばば》の方へと歩いているとき、ふと思い出してリカコに電話してみた。話し中だったので、交差点ひとつぶん歩いてからもう一度ダイヤルする。またも話し中。

着信履歴に気づいて、笑い出しそうになる。まったく同じタイミングでリカコから電話がかかってきていたのだ。

三度目で僕からかけた通話がようやくつながった。

『蒔田さん？　蒔田さん、ランキング見た？』

あいかわらず話が唐突なやつだった。

「ランキング？」

『今日のダウンロードランキング！　配信サイトの！』

ああ、奇多嶋さんが売り上げ勝負とか言ってたやつか。時刻を見ると、なるほど、とっくに日付が変わっている。

『蒔田さんに負けるの、二度目だね！』

僕は立ち止まり、蛾《が》のたかる街灯を見上げた。新宿の空には星がまったくない。春風の薫りも排気ガスにまぎれてほとんどわからない。

『ねえ、あの曲、……ええとっ、すごいね。カラオケで歌おうとしたら無理だったよ。あれライヴで演《や》るときどうするのかな』

「うん。ありがとう」

会話になっていなかった。僕の意識のどこか大事な部分はまだ喜びで痺《しび》れていた。

『あのね、蒔田さん。わたし、ほんとに、ほんとに嬉しいんだよ。あんなひどいこと言ったのに、蒔田さん、ちゃんと……応えてくれて……あああ、わたしに応えるためにやった仕事じゃないよねっ、これじゃ自意識過剰だよ、なに言ってんだろわたし、うまく言えないけど』

「ううん。リカコにやり返すために作った曲だよ」

『うわあああだめだめだめだよ蒔田さん、わたし今ちょっとハイテンションすぎるから、そういうこと言ってくれちゃうと焼酎からウォッカに切り替えちゃうよ』それはやめろ。少しは節制を憶《おぼ》えろ。

「でも、ＰＶで話題になってたから初日に売り上げが集中しただけで、たぶん明日にはリカコに負けて――」

言いかけて、思い出す。

「あ、あのさ、奇多嶋さんとの勝負、あれデイリーで比べるの？　ウィークリー？」

リカコのけたたましい笑い声が真夜中の明治通りを吹き過ぎた。

『よくわかんない！　真面目に聞いてなかったし。それに、大丈夫だよ蒔田さん。どっちにしろシドニーになんて行かないよ』

「……なんで？」

『だってわたし、好きな人いるから』

僕は街灯のぼやけた光の向こうにもう一度だけ星を探す。見えもしないし、手も届かない。ひとの心と同じだ。そこにあるはずだ、と信じて思い込むことしかできない。

ただ、声だけは届く。

歩き出し、応える。

「奇遇だな。僕もだ」

通話が切れてから、不思議なことに、あれほど意識にこびりついていたリフレインの旋律がすっかり消えているのに気づいた。風の音も、遠くの線路を渡る終電の軋みも、より分けられそうな気がした。魔法はもうどこにも感じられなかった。三十歳なのだ。僕はもう現実の街で歌を売り、現実の井戸で喉を潤し、現実の木陰で恋をするしかないのだ。そう思うと、なんだかむやみに誇らしかった。

形而上モヴィメント

たとえばモーツァルトはレクイエムの作曲途中に三十五歳で死んでいる。ジョン・レノンは久々のアルバムを出して活動を再開したその一ヶ月後に撃たれて四十歳で死んでいる。ヘルベルト・フォン・カラヤンもマイケル・ジャクソンもリハーサルの次の日に死んでいる。音楽家はだれしも死ぬ瞬間まで音楽家であり、音楽をやめることなどできないのだと、若い頃の僕はそう思っていた。

でもそれは間違いだった。多くの音楽家が人生のなかばで弓を折り、蓋を閉じ、椅子を蹴倒して舞台から去っていく。

理由のほとんどはお金だ。

音楽は儲《もう》からない——という話を、最近は当事者も部外者も知ったような顔で語ることが多くなった。目にするたびに、複雑な気持ちになる。音楽は儲かるのか？　という問いは、北海道の夏は暑いのか？　という質問に似ている。道民は答えるだろう。前よりもずっと暑くなった、冷房が必要だなんて昔じゃ考えられない。旅行客は答えるだろう。やっぱり東京よりもだいぶ過ごしやすいね。動物園に連れてこられた白熊たちは答えるだろう。地獄だ。そのどれにも真実があり、真理はない。

僕自身はといえば、この業界に十年間も身を置いていて、音楽収入だけで食えた年は一年もない。確定申告の職業欄にもずっとフリーライターと書いてきた。でも、音楽の方の仕事は確実に増えている。CD不況も制作費切り詰めもあまり実感できていない。昔からのスタジオミュージシャンがどんどん廃業しているという噂《うわさ》もぴんとこない。なにせ免許や届け出が必要な業種ではないから、消える人間はひっそりとだれにも知られずに消える。そしてだれにも思い出してもらえない（記憶に残るほどの腕前の者はそもそも消えない）。けっきょく、業界の移り変わりについていけず、かといって自分だけの武器の持ち合わせもない連中が振り落とされていっているだけなのだ。どこでも起きている当たり前のできごとだ。かくいう僕も、いつかは年老いて疲れ果ててこの列車から飛び降りるだろう。今だってしがみついているだけで精一杯なのだ。

業界から去った人々の末路はほとんど知らない。噂にのぼるのはきまって気が滅入《めい》るような悲惨な話ばかりだ。僕がスタジオミュージシャンになりたての頃によく世話になったとあるギタリストは、廃業して地元に戻ったものの、どんな仕事も長続きせず、職を転々とし、貯金を使い果たし、酒を飲み過ぎて肝臓病で死んだ。彼の部屋には、何百万円もするヴィンテージのギターが何本も遺《のこ》されていた。知り合いのミュージシャンは口々に言った。金がなくなったならギター売りゃあよかっただろうにと。でも、僕には彼の気持ちがよくわかる気がした。彼は手放せなかったのだ。たとえ音楽から見捨てられても、音楽を捨てることなんてできなかったのだ。

＊

僕は、飛び抜けた技術を持っているわけではなく、色んなオファーを手広く引き受けられることを売りにして食ってきたスタジオミュージシャンである。キーボーディストとして呼ばれたはずが、レコーディング中の思いつきで「オカリナを入れたい」「ヴィブラフォンを入れたい」なんていう話が持ち上がると、僕が便利遣いされる。その本数分だけギャラが増えるのだからありがたい話なのだが、当然ながら拘束時間は増える。おかげでレコーディング終了までスタジオにいることが多くなり、しょっちゅう飲みに連れていかれ、コネが増えたと言えなくもない。

二度目のサウンドプロデュースの話を持ちかけられたのも、レコーディング後にビールバーで遅すぎる晩飯を食べているときだった。レコード会社のプロデューサーである邦本《くにもと》さんが上機嫌の赤ら顔で言った。

「蒔田《まきた》ちゃん、一枚やってみない？　才能はあるんだけどちょっと難しい子がいてさ」

「難しい、ってなんですか」

邦本さんは深刻な話題ほど楽しそうに話す人だったので、これはほんとうに難しいのだろうな、と僕は覚悟してストゥールに座り直した。

「窪井拓斗《くぼいたくと》って知ってる？」

「……ああ、ダンサーの？」

「ダンサーっていうかね、なんでもやるんだけどね、歌えるしギターもこなすし曲も作れるしレコードのジャケットも自分で描くって言ってるし」

「ミュージシャンだったんですか。ＣＭでしか見たことなかったから知らなかったな」

近頃テレビでよく見かけるようになった、近づきがたい感じの青年だった。陰影のやたらと濃い化粧をして奇抜なファッションで身を固めているというイメージがある。

「逸材だから大事に売り出したいんだけどさ、どうもあたしの手に余りそうなんだわ。ロンドンで歌手デビューの話もあったらしいんだけど、本人があっちの会社と揉《も》めて流れたっていう噂で」

想像よりもだいぶ難しい話になってきたので僕はビールを飲み干してテキーラを注文した。

「なにしろめんどくさい性格らしくてねえ。まだ十九歳ってのもあるんだろうけど」

「え、そんなに若いんですか？　二十四、五歳だと思ってました」

「ハーフだからね、老けて見えるんじゃないの。お袋さんがイギリス人だったか。でも本人は日本でデビューしたいって気になってるらしいから。このチャンス潰したくないんだよねえ」

「いいんですか、僕なんかで」

「蒔田ちゃん、歳も近いし」

「近いってほど近くないですよ、三十一です」

「え、もうそんな歳だったの？」

今度は邦本さんが驚く番だった。

「蒔田ちゃんこそ二十四、五歳だと思ってたわ。あっはっは。じゃあ同い年みたいなもんだね、適任だね」

「その理屈はよくわかりませんけど……」

「やっぱりアイドル食ってると年取らないのかねえ」

「もうそのネタかんべんしてください、色んな人から百回くらい言われたんで」

僕は泣きそうな声で懇願する。五人組アイドルグループのシングルをプロデュースしてからこっち、同業者に逢《あ》うたびに「寝たのか」「五人とも食ったのか」と冗談まじりに言われるようになったのだ。まさか当のグループのプロデューサーである邦本さんにまで言われるとは。

「でも、レコーディング中えらく仲良かったじゃない。あれだけ厳しいことさせといて、五人とも文句ひとつ言わなかったし。あの娘《こ》たち、次の曲も蒔田ちゃんがいいって言ってんのよ。そりゃ噂にもなるわな」

邦本さんは口の滑りがどんどんよくなっていくので、僕は閉口した。

「まあ、ほんとに手出ししたら半殺しじゃ済まないけどね」

「わかってますってば」

「そんな蒔田ちゃんなら、つんつん気取ってる十九歳帰国子女ともうまくやれるんじゃないかと思ったわけ」

「そりゃどうも」

あのアイドルグループの新曲がまずまずうまくいったおかげで、これまでよりも大きい仕事が入ってくるようになったのはたしかだった。下品な勘ぐりをされるのくらいは我慢しよう。

「お話は嬉しいですけど、とりあえず聴いてみないことにはなんとも。デモテープとかないんですか」

邦本さんは得たりという笑みを浮かべて、ポケットから携帯プレイヤーを取り出した。僕はイヤフォンを受け取って耳に押し込む。

まず最初にフェイドインで聞こえてきたのは、タンバリンの雑なリズムだった。

そこに、ヘアブラシかなにかで弦を掻きむしっているような奇妙なギターのストロークが重なる。

つぶやきにも似た歌声は、いつギターのとげとげしい音の合間に滑り込んできたのかわからないくらいだった。でも、気づけば僕はメロディらしいメロディもない不可解な言葉の連なりを夢中でたどっていた。蟻《あり》の行列を見つめているみたいだった。歌は始まったときと同じようにいつの間にかリズムの中に溶け込んで消え、金属的な響きはフェイドアウトする。

イヤフォンを外し、息をついた。口の中がかさかさに乾燥していたので酒で湿らせる。

「どうよ」と邦本さんがにやにやしながら訊《き》いてくる。テキーラのせいでかえって喉が渇いてしまった僕はチェイサーを飲み干す。

「難しそうですね」

「でしょ」

「ベックとかレディオヘッドとか大好きでしょ、この人」

「それはあたしも思った」

ロンドンやロサンゼルスの、緑と紫の靄《もや》越しに聴くのがなによりも似合うはずのサウンドだ。おそらくは英語も達者だろうし――

「なんでこの人、日本でデビューする気になったんです？」

「アジア人差別みたいなのに遭ったらしくて、それでイギリスの会社と揉めて、連中を信用できなくなっちゃったみたいなんだよねえ」

白人社会じゃ今もそんなことがあるのか。ますますため息しか出てこない。傷ついて日本に戻ってきたわけだ。厄介な要素しかないじゃないか。

僕は口の中で絡み合った様々な苦味をテキーラの残りで喉に流し込んだ。

「やらせてください」

*

リカコは意外にも窪井拓斗に詳しかった。

「あっちでミュージカルに出てたりしたんだよね。アトランティック・レコードのプロデューサーとご飯食べたときも、気になる日本人がいるんだ、みたいな話が出てたよ。日本デビューなんだ。意外だな」

「まだわからないけどね。逢って話してみて向こうが僕を気に食わなくてご破算、なんてこともあり得るし。とにかくめんどくさそうな人だから」

「そんな人のプロデュース、なんで蒔田さんは請けたわけ?」

僕は少し返答に詰まり、リカコの唇を見つめた。

「いけそうだから請けたんだよ。それだけ」

「才能が蒔田さんのセンスに合いそうだってこと？」

リカコはオレンジジュースのストローを齧《かじ》りながら訊《たず》ねる。いちいちしぐさが子供っぽいので、とても二十五歳バツイチには見えない。しかしそれを言ったら僕も三十一歳にはとても見えないかもしれない。久々に食事に誘ったというのに、選んだ店はこうしていつものようにハンバーガー屋だし。

「センス……ううん、センスってのはよくわかんないな。なんとなく、売り方が見えそうだったから、ってこと。ちゃんとはまればね、会社が期待してる以上の売り上げは出せるんじゃないかなって思って」

「売り方？　それしか考えずに引き受けたの？」

「だって仕事なんだから当たり前だろ」

そこでリカコはふふっと意味深な笑みを漏らした。それから、ずり落ちそうになっていたキャミソールの透明な肩紐を戻す。その日の彼女は萌葱《もえぎ》色の長丈のサマーカーディガンに黄色いサングラスという夏先取りのいでたちで、そういえばリカコと出逢ってからそろそろ一年たとうとしているんだな、と僕は不意に思い出した。

それなのにあいもかわらず一緒に飯を食って音楽の話をするだけの関係なのだ。これでいいのだろうか。

先月、僕とリカコのシングルが同時発売されたあの日の夜、僕らは電話でだいぶ危うい言葉を交わした。絶縁体の剝《む》けたコードを近づけるような危険な会話だった。でも、それ以来お互いに忙しく、こうやって一ヶ月置いて顔を合わせてみれば元通りの間柄だ。

リカコが僕の顔をながめてしみじみと言う。

「蒔田さんてほんと変な人だよね」

僕は内心ぎくりとして紙コップの氷をストローで掻き回す。

「なんの話？」

「自分で曲も書いて演奏もする人ってさ、口でどれだけ『売るためにやってます』なんて言ってても、どこか芸術家っぽいところを匂わせちゃうものだけどさ、蒔田さんはそういうとこが全然ないの。かといって露悪的でもないし。ほんとに、ものすごく自然に、お金のために音楽やってる感じ。不思議」

気づかれないように嘆息した。仕事の話の続きか。

「そんなに変とは思わないけど」

リカコの言っていることはわからないでもなかったが、これまで考えたこともない部分だった。

「たぶん、僕は仕事抜きで音楽やってた経験がほとんどないからじゃないかな」

そう言うとリカコは目を丸くした。

「そんな人、聞いたことないよ。たぶんこの業界で蒔田さんだけだよ」

「そこまで珍しいかな……」

「なんでこの業界に入ったの？」

僕はどこから話そうか迷い、それからふとつぶやいた。

「こんな話するのはじめてだね」

「そう……いえば、そうだね。だいぶ長いつきあいなのに」

リカコは首をすくめて笑う。

「蒔田さんのこと、もっと知っておかないとね」

僕はなんだかこそばゆくなって、薄まったジンジャーエールを一口すすった。まったくなにも変化がないというわけでもないのだろうか。

「大学では放送研究会だったんだよ」と僕は話し始める。「ラジオ番組作って、ウェブとか地方局とかで流してたんだ。小さいサークルだったから、台本もほとんど僕ひとりで書いてた」

「あ、それで最初はライターやってたんだ」

「そう。ＰＡ機器いじるのも憶《おぼ》えたから、軽音とかの学内ライヴに呼ばれてエンジニアもやらされて、まあ、そこそこ音楽に触れる機会はあったかな」

「でも、どうして演《や》る側に回ったの？」

「雑誌で記事書くときに、実際に楽器やってみた方が面白いことが書けるかなと思って、ギター買って、知り合いに古いシンセもらって、やってみたら意外に楽しくて」

リカコはわざとらしいため息をつく。

「賭けてもいいけど、そんな経歴の持ち主のミュージシャンは、世界中探しても蒔田さんだけだよ」

「リカコは――」なんで音楽を始めたのか、と訊こうとして口をつぐむ。彼女の父親が音楽プロデューサー、母親が歌手なのは有名な話だ。音楽をやるようになったきっかけなんて、日々の生活の中に数え切れないくらい転がっていただろう。少し思案して、質問を変える。

「――いつぐらいから音楽で食っていこうって思うようになったの」

「生まれたときから」とリカコはいたずらっぽい口調で言った。「ってインタビューでは答えることにしてるの。わたしっぽくてかっこいいでしょ」

「一瞬信じかけたよ……」

「まったく嘘ってわけでもないんだけどね」

リカコはガラス窓の向こうの薄曇りの空を見やる。都庁のまわりの高層ビル群が靄で煙っている。

「ちっちゃい頃からしょっちゅうお父さんのスタジオに遊びにいってたし、お母さんに連れられてアメリカじゅう飛び回ってたら、ほら、同年代の友だちなんてできないじゃない？　まわりはやくざなミュージシャンばっかりだから、日本人でしかも小娘のわたしが仲良くなろうとしたら自分でギター鳴らして歌うしかないじゃない。そんなこんなで、自然にね」

彼女の声はだんだんと細やかに、さらにはおぼろげになっていく。窓を濡らす霧雨みたいに。

「大学も、今になって考えてみれば、確認のために入ったみたいなものかなあ」

「確認？」

「音楽以外なんにもないんだなっていう確認」

そこでリカコは、雑誌でもテレビでも決して見せないさみしげな顔になる。

「だからわたしは、ほんとの意味で、生活のために歌ってるわけ」

歌っていないと死んでしまう哀しい鳥。そんな気がして僕はリカコの視線をたどり、不機嫌そうな新宿の空の濁り陽《び》を見やる。

ほんとうはこう言おうと思っていた。僕もリカコのことをもっと知っておかなきゃいけないよね、と。

でも、そんな浮ついた言葉は干からびて舌先に張りついてしまう。

僕は、どうだろう。

歌うのをやめたら、自分が歌えるかもしれないなんて思いもせず原稿を埋めることだけに日々を費やしていた頃のつまらない僕に戻るだけだろうか。それとも――

*

窪井拓斗との初顔合わせは、次の週の水曜日だった。午後四時、場所はレコード会社のこじゃれた応接スペースだ。片側の壁面がすべてガラス張りになっていて、取り澄ました南青山《みなみあおやま》の街並みが眺め渡せる。梅雨の合間にぽっかりと顔を出した太陽が、濡れたビルや道路を乾かしている。ガラス窓や車の屋根の照り返しが目に痛い。隣の椅子に腰掛けた和田《わだ》さんはあくびを連発していた。もう三十分も待たされていて、紙コップのコーヒーはすっかり冷めていた。

「蒔田ちゃん、ごめんごめん」

パーティションの向こうから声がして、プロデューサーの邦本さんのトドみたいな巨体がまずのっそりと現れる。その日は明るいグレイのスーツだったのでいっそう恰幅《かっぷく》良く見える。それから顔見知りのレコード会社スタッフ、さらには販促や営業のお偉いさんまでぞろぞろ入ってきて、最後が窪井拓斗だった。

薄手のブラックデニムの上下、ジャケットの下は第三ボタンまで開いた芥子《からし》色のシャツ。真っ白に脱色したぎざぎざの髪の間から切れ長の眼《め》が僕をにらんでいる。背丈は僕より握り拳ひとつぶんくらい上だろうか。人間に化けそこなった豹《ひょう》——みたいな印象の青年だ。

邦本さんが僕と窪井拓斗をかわりばんこに見ながらなにか言った。それぞれの紹介とか、これから頑張っていきましょうとかそんなようなことだ。僕は彼の視線に気圧《けお》されていてほとんど聞いていなかった。

「マキタ……さん？」

窪井拓斗がささくれだった声で訊いてきた。僕は愛想笑いも忘れてうなずいた。

「……蒔田シュンです。はじめまして」

握手を求めようかとも思ったが、そんな雰囲気ではなかった。彼はテーブルを挟んで僕の真正面の椅子に無造作に腰を下ろした。

「あんたのアルバム聴きましたよ」

死体は昨晩片づけておきましたよ、とでも言っているみたいな口調だった。両手はデニムのポケットに突っ込まれたままだった。

「他の曲は糞だったが、シングルになったやつを五十回くらい聴いて、あんたに任せてみようかと決めました」

「そりゃあどうも」

なるほど、こりゃあめんどうだ。僕は内心ため息をついた。

「あたしからも強く薦めましたからね」

邦本さんが不自然なくらい張った声で言う。

「蒔田くんは若手の中では今いちばん来てるから」

アーティストとプロデューサーのはじめての顔合わせには、僕もレコーディングスタッフとして何度か同席したことがあるが、お互いの腹の探り合いが主で、ほとんど曖昧な話しかしないものだ。どんなイメージで売り出したいのか、どのあたりを目標に置いているのか、音楽シーンで自分たちがどのあたりの位置づけだと思っているのか、自分たちに足りないものはなんだと考えているのか……そういった結論の出しようもない話を交わしながら、仕事相手がどんな人間でどうつきあうべきなのかを手探りする。いちばん大事なとこなンだよ、と和田さんは教えてくれた。

しかし、その日の打ち合わせはどうも勝手がちがった。販促担当の部長らしき男性がいきなりタイアップの話をし始めたのだ。

「スポーツメーカーのＣＭとイメージキャラクターの話がほぼ決まってます」

窪井くんは久々の大型新人なので絶対に失敗できない云々《うんぬん》、という話を他人事《ひとごと》みたいに聞きながら、僕は窪井拓斗の顔をちらちらとうかがった。

まいったな。これじゃ、めんどくさそうなやつだということ以外さっぱりわからない。僕の困惑を嗅ぎ取ったか、隣の和田さんが助け船を出してくれた。

「先にスケジュールの話をしましょう。曲決めの打ち合わせはいつにします?」

「再来週、二十四日か五日かで……」

糸口が見つかったので僕は胸中で和田さんに深く感謝しつつ身を乗り出す。

「窪井さんは完全にオリジナル志向なんですか? シングル用のデモは何本ストックがあるんですか。こちらとしては、最初の仕事なのでなるべくたくさん、できれば十本以上聴いてそこから三本くらいに絞り込んで録《と》ってみて決めたいなと」

「拓斗でいいですよ」

彼はぼそりと言った。

「窪井って呼ばれるとなんか他人みたいだ」

これは彼なりの歩み寄りなのだろうか、と僕は好意的に解釈することにした。でもその甘い考えはすぐに打ち砕かれる。

「シングル用の曲はもう決めてます。俺が決めることなんで、打ち合わせなんて必要ねえし」

窪井拓斗は億劫《おっくう》そうに立ち上がり、ジャケットのポケットからなにか小さなものを取り出してテーブルに滑らせた。僕の膝の上に落ちたそれは、ＵＳＢメモリだった。

「聴いてアレンジ案出しといてください」

「いや、ちょっと待って」僕は腰を浮かせた。「ひとりで勝手に決めることじゃないでしょう、話し合いもしないで」

「俺ら話し合うのが仕事じゃねえっしょ。演るのが仕事でしょ？」

応接スペースを出ていく窪井拓斗を、驚いたことにだれも引き留めようとしなかった。邦本さんはやれやれと首を振った。他の面々も申し合わせたようにテーブルにため息を吐きかけた。最初に口を開いたのは和田さんだった。

「なんだありゃあ」

その一言だけだったけれど、和田さんがいてくれてほんとによかった、と僕は思った。立場上、僕が言えないことをみんな言ってくれる。

「とにかくよろしくお願いしますよ」

「うまくやってください。それも含めてそちらさんの仕事でしょう」

背広組が、僕に向けたのか和田さんに対してなのか、ひどく勝手なことを言う。

オフィスビルを出てすぐに、和田さんが大股で駅の方に歩き出しながら不機嫌丸出しの声で言った。

「シュン、この仕事断っていいぞ」

僕も早足になって和田さんの隣に並びかける。

「なんでですか」

「なんで、って、おめえ」

あきれの混じった眼でにらまれた。

「あんな人付き合いのイロハも知らねえガキとまともに仕事なんざできるか」

「断れ、とは言わないんですね」

「俺が請けた仕事じゃねえからな」

口は悪いが、僕が知っている音楽業界人の中ではいちばんまともな考え方の持ち主なのである。僕も安心して軽口を叩《たた》ける。

「僕も昔は人付き合いのイロハも知らないガキでしたからね。彼のこと責められない」

「今もだろ馬鹿」

和田さんに苦笑を返し、それからUSBメモリを入れたポケットをぽんと叩く。

「聴いてから決めても遅くないいんじゃないですか」

「遅いことだってあンだよ。気に食わないって感じたときにすぱっと断らねえと、いつの間にか引き受けたことにされてて色々押しつけられるなんて話はよくある」

「和田さんが言うとほんと説得力ありますね……」

僕は頭を掻く。

「じゃあ言い直します。やっぱり、やろうと思ってます」

「なんでだ。おまえもそろそろ仕事を選べ。選んでられないときと、選ぶべきときがあるんだよ。おまえはもうあのアイドルのシングルでそこそこ当てたんだから、次は慎重にいけ」

この世界で四十年間食ってきた人の言葉なのだ。素直に受け取っておくべきだったのだろう。でも僕の耳には、まだデモテープの窪井拓斗の荒いつぶやきがこびりついていた。渡されたこのUSBメモリにはもっとすごいものが入っているだろうという確信もあった。

「和田さんも、いっぺん聴いてみてください。そうしたらわかると思います。僕、選んでこの仕事やろうとしてるんですよ」

＊

翌月の蒸し暑い木曜日の夜、僕はリカコをフランス料理の店に誘って、僕らとしては珍しくまともなディナーを共にした。いつも居酒屋やファストフードやラーメン屋ばかりだったのでリカコも不思議に思ったらしく、テーブルについてワインを選び終わり、ウェイターが行ってしまうと、いきなり身を乗り出してきた。

「今日、なんかの記念日だっけ？　こんなちゃんとしたお店だと思ってなかったよ」

そう言って、落ち着いた内装の店内を見回す。間接照明が観葉植物や壁の大きな風景画をおぼろに照らしている。ブラームスのチェロソナタがかすかな音量で流れている。僕らは二人とも普段通りのTシャツにジーンズというラフスタイルなので、少し居心地が悪い。

「今日が、リカコにはじめて逢ってからちょうど一周年」

「ええっ？　そうだっけ。よく憶えてたね蒔田さん。わたしがいきなりスタジオに押しかけたんだよね、そうか、あれ今日だったのかあ」

「まあ嘘なんだけど」

「嘘ーっ？」グラスが割れるんじゃないかというくらい素っ頓狂な声をリカコが発したので、振り向いたウェイターに僕はすみませんと頭を下げる。

「そんなに物憶えよくないし、だいたい今日あたりだったかなっていうだけ」

「なんだ。憶えててくれたのかってちょっと感動しちゃったよ。あ、待って待って、調べてみればちゃんとした日付わかるんじゃない？」

リカコはスマートフォンを取り出してタッチパネルをまさぐる。

「ええと……そうだ、蒔田さんのシングルの配信が始まって三日でわたしの曲を抜いて、その次の日にスタジオに押しかけたんだ、……うん、惜しい！　明日で一周年！」

「明日か。まあ、なにか口実にしてワイン飲みたかっただけだから、いいんだけど」

「それじゃ今夜、日付変わるまで二人で一緒に飲んでようか？　そしたらちゃんと一周年祝いになるよね」

僕はぎょっとして口ごもる。ほんとうに危ういことをさらりと口にするやつなのだ。どういう意味で言っているのだろう。あまりにも笑い方が自然で、僕はこれ以上踏み込んでいいのかどうかわからなくなる。おまけに困ったことに、僕らの間には共通の話題が山ほどあるのだ。ふとした瞬間にお互いの言葉が途切れて視線だけがからむ――なんて機会は、長いフルコースの間も一度も訪れそうになかった。

スープが運ばれてくる頃には、けっきょく仕事の話になっていた。リカコが聞きたがったのは、やはり僕のプロデュース業の話だ。

「なんかすっごい大変って聞いたんだけど、進んでるの？」

「昨日からリハーサル始めた。シングルだから二曲だけなんだけど、今月いっぱいかかるんじゃないかなって気がしてる」

「リハで一ヶ月も？」とリカコは目を丸くする。「フルアルバムじゃあるまいし」

十数曲入りのアルバム制作なら、アレンジ決めや下稽古にだいたい半月、長くて一ヶ月くらいかかることもある。しかし、たった二曲にそれだけ時間を費やすのはただの無駄である。僕だってそんな馬鹿なことはできればしたくない。

「でも、こっちの言うことを、ほんとに全然聞いてくれないんだよね……」

愚痴にならないようにしようと自分に言い聞かせながらも、どうしても口調がどんよりしてきてしまう。リカコの眼が期待に輝いているのがさらに憂鬱だった。

僕は、最初のリハーサルを苦く思い返す。

＊

リハーサルスタジオは、録音スタジオと比べて小さいし、ブースやコントロール室に分けられているわけでもないから、サウンドプロデューサーと演奏者とが狭い空間で長時間膝をつき合わせることになる。和田さんの教えによれば、閉所で一体感と親近感を作り出すこともリハーサルの大切な役割なのだという。

ところが窪井拓斗はまるでそんな気がない。

「拓斗くん、作詞も自分でやりたい？　他に頼むのもあり？」

仮歌を入れ終わった段階で僕がなんの気なしにそう訊いてみたら、彼はいきなり不機嫌顔になってパイプ椅子に乱暴に腰を下ろした。

「詞はもうできてンじゃないですか。なんで他に頼むなんて話が出てくンです？」

僕は唖然《あぜん》とした。一瞬、彼の言っている意味がわからなかった。

「……え？　あの、仮歌の英詞のこと？」

仮歌というのは、楽器パートの練習のときに歌のメロディがわかるようにとりあえず入れておくガイドライン的なヴォーカルのことだ。だいたいにおいて、その段階ではまだ歌詞は完成していない。英語っぽい鼻歌をなんとなく旋律にあてはめておいて、後から日本語の歌詞を考えるというアーティストもけっこう多いので、窪井拓斗もそのタイプかと思っていたのだ。

「仮じゃないですよ。なんでちゃんと聴いててくンねえの。歌詞はもう最初からできてます」

「英語で出す気なの？」

「当たり前でしょ」

「待って、そんなの無理だよ」

僕はサウンドプロデューサーとして、レコード会社から『こんな感じの歌に仕上げてくれ』という要望を受け取っている。タイアップが決まっている以上は、おそらくスポンサーの意向もそこに含まれている。英詞ではそれにそぐわない。

「だいたい、日本で売り出す曲なんだから、英語だとそれだけでハードル高くなる」

「だからなんなんですか？」

窪井拓斗はあきれ顔で言った。

「この詞と一緒に出てきた曲なんですよ。なんで他の詞に後から変えなきゃなンねえの。

しかも日本語？　韻も踏めない日本語がこのメロディに合うわけないでしょ」

「いや、だから、そこをなんとか――」

僕は口ごもる。

続けていたら、どんどん辛辣な言葉が出てきそうだったからだ。同じスタジオ内にいたなじみのドラマーとベーシストが、こりゃあご愁傷様です、という目で僕を見ていた。しかたない、まだ時間はあるし、歌詞の話は後回しにしよう。

でもそれだけでは終わらなかった。イントロのフレーズを作っているときのことだ。窪井拓斗の荒削りなギターリフをくっきりさせたいと思った僕は、「ピアノかなにかで最高音をなぞってみたらどうかな」と提案した。

「日本のポップスの悪癖だ、それ」

窪井拓斗は憎々しげに言った。

「なんでそろいもそろってイントロにああいう学校のチャイムみたいにわかりやすくてちゃちなメロディ入れるんです？　そんなにリフに自信がねえのかっつう」

僕はさすがにむっとしたが、喧嘩するのがプロデューサーの仕事ではない。

「浮くのがいやなら、たとえばね、アコギでなぞってもいい。日本人て、ギターリフの良さをあんまり理解できない人種だと僕は思うんだ。リフで有名な日本の曲って思いつかないだろ。歌メロ重視でみんな聴くんだよ、だから――」

「だから、J-POPにする気はねえって言ってンですよ」と彼は吐き捨てる。「良さがわかンねえやつらはわかンねえままでいい。俺に関係ねえし」

「日本で売るんだよ、わかってんの?」

その日のリハーサル中、同じせりふを何度口にしたか知れない。でも窪井拓斗は、そんなの俺の知ったことではない、という態度をまったく崩さなかった。

「くだらねえ妥協するくらいなら音楽やめますよ、俺は」

とどめのせりふがこれである。お手上げだった。

*

「今時ちょっと珍しいね、そういう人」

興味津々に僕の苦労談を聞いたリカコは、そう言ってワインをあおった。コースはメインのフィレステーキに差しかかっていた。

「それなら蒔田さんなんて要らないんじゃないの。ひとりでやればいいのに」

「僕だってそう言いたいけど、まったく要らないわけでもないのが、またちょっと困ったところなんだよ。編曲は僕がやってるんだ。気に食わないところはばさばさ剪定《せんてい》していくけど、基本的には僕のアレンジを使ってくれてる」

「話だけ聞いてると、蒔田さんの方が演る側で、その子がプロデューサーみたいだね」

「ああ……」

　深く納得してしまった。

　昨日からずっと胸にわだかまっていたもやもやの正体がやっとわかった。まったくリカコの言う通りだった。完全にプロデューサー失格だ。

「プロデュースなんて向いてないのかな、僕……」

　言ってしまってから、ちょっと情けなすぎると反省する。慰めてほしくて愚痴ったみたいじゃないか。

　こんなときにもリカコは容赦がない。

「向いてないならやめればいいだけだよ、大丈夫」

「なにが大丈夫なのかわかんないんだけど」

「音楽やめなきゃいけないわけじゃないでしょ。だから大丈夫」

　僕は肩を落として息をついた。軽く言ってくれるものだ。

「僕だって食えなくなったらやめるよ。今までたまたま仕事が続いてたけど、べつにプレイヤーとして特別な売りがあるわけじゃないから、この先こういうプロデュース業やれるようにならなきゃ続かなくなると思うし」

「ふうん？」

生まれたときから歌姫だった天才には理解できないのだろうな、と思う。

訊こうとして、口ごもり、ためらう。ぶつけてみていい質問かどうかわからなかったからだ。

「リカコってさ」

「うん？」

無邪気そうに首を傾《かし》げる彼女を見て、言葉を続ける気になれた。そう、僕だってリカコのことをもっと知っておかなければいけないのだ。

「自分が音楽やめるかもしれない、なんて思ったこと、ある？」

リカコは難しい顔をして黙り込んでしまった。フィレステーキを残らず平らげた後でようやく口を開く。

「あるといえばある」

意外だった。

「どんなときに？」

「……たぶん、言ってもわけわかんないと思う」

「わかるように努力するよ」

一呼吸ついてからリカコは言った。

「わたしは、音楽やめるくらいなら、音楽やめるよ」

ね？　わけわかんないでしょ？　という目をして、リカコはボトルに残ったワインをみんなグラスにあけた。

＊

二人でレストランを出たのは九時だった。

六本木《ろっぽんぎ》の夜はまだまだこれからという時間帯だったし、この後に飲みにいくバーも決めていたのだけれど、どうにもリカコの言葉のいくつかが胸に引っかかっていて、粛々とデートプランを進める気になれなかった。

「リカコ、この後――」どうする、と訊こうとしたとき、ポケットで携帯が震えた。

驚いたことに、窪井拓斗からの着信だった。

『ジャケットのアートワーク、できましたよ』

彼がいきなり言うので、一瞬なんのことかさっぱりわからない。

「ジャケット？　……ああ、ああ、シングルの？　え、え？　拓斗くんが？」

そういえば絵も描くのだと言っていたっけ。

「いやちょっと待って、ジャケットなんてそれこそ販促の人と協議して決めなきゃ、勝手に描きましたって言われても」

『俺の曲なんだから俺が描くのがいちばんイメージ合うにきまってるでしょ。蒔田さん、画像メールしといたんで、カップリング曲のアレンジはそれのイメージで作ってください。明日のリハで詰めます』

「明日？　いや、明日はまだメイン曲の方を」

『時間の無駄。いいから作ってきてください。蒔田さんなら一晩でできるでしょ』

電話は切れた。僕はしばらく啞然として、手のひらの液晶画面が光を失うまで見つめていた。リハーサルの進行まであっちに決められてしまった。ほんとに、これじゃどっちがプロデューサーなのかわかったものじゃない。

蒔田さんならできるでしょ——だってさ。

リカコが肩を揺らせた。

「なんか、うまくいってんだかいってないんだかわからない感じだね」

僕は肩を落としてポケットに携帯をねじ込んだ。

「まったくだよ。あんだけ態度悪いのに、実務的なとこでは変に信頼されてるのが、ほんとに気持ち悪いよ」

「じゃあ今夜は仕事？」

僕はうなずく。リカコの「うーん残念」という言葉がどれだけ本音なのか、好意的に解釈する気力も出てこない。

でも、タクシーを止めて彼女を乗せ、走り出すテイルランプを見送り、歩道でひとりきりになると、安堵《あんど》している自分に気づく。中学生かよ、と思う。駅に向かって歩き出せば、すぐに心は音楽に逃げ込んで、編曲のアイディアがいくつも浮かんでくる。現金なものだ。やっぱり僕にはあっちこっちから無理を言われるこの仕事が向いているのかもしれない。もちろん悪い意味で。

＊

いつの時代も、ミュージシャンはけっきょく自分のやりたい音楽を押し通そうとするし、レコード会社は売れる曲を求めるものなので、両者の意向はきまって衝突する。間に挟まってどちらも生かすのがプロデューサーの仕事の一つだ。僕は和田さんにそう教わった。

しかし、窪井拓斗はまるで自分の意見を曲げようとしない。アレンジはけっきょく彼の意向どおり、冬枯れの芝生みたいなギターサウンド中心のひどく渋いものになってしまった。

アーティストと会社の間で僕がやった調整はといえば、プロデューサーの邦本さんに進捗を訊かれたときにその場しのぎの嘘をつくことだけだった。

「……はい、ええ、やっぱり拓斗くんはポップさの面でちょっと弱いので、こっちの意見を入れて補いました。詞ですか？　はい、日本語の詞をべつの人に頼むことになると思います。ええ。いい曲になると思いますよ」

スケジュールが押していたので月末にはレコーディングに入ることにした。作業中になんとか窪井拓斗を説得して、嘘を真実に変えなければいけなかった。表向きの工程表とはべつに、彼の説得が済んだ後を想定したほんとうの工程表を作って、譜面も仕上げ、歌詞も自分で書いた。後から考えれば完全にプロデューサー失格だった。そんなねじれた状態でレコーディングに入るべきではなかったのだ。

ツケは、レコーディングの終盤に回ってきた。

全トラックを録り終えたところで、ミキシングルームに窪井拓斗や他のスタジオミュージシャンたちを呼んだ。仮ミックスしたサンプル音源を流して聴かせる。ただの雇われ演奏家であるスタジオミュージシャンたちまで来てもらったのは、これから厳しい話をするので、なんとなくまわりに味方みたいな人間がいてほしいと無意識に思ったからだろう。

一曲通して流した後で窪井拓斗に訊ねた。

「どう？」

「問題はないンじゃないですか」

僕は唾を飲み込んだ。これまで、なだめすかす言い方ばかりで、けっきょく説得に失敗してきた。もう正直に言うしかないだろう。

「すごくいい曲だと思う。でも、これは売れないよ」

窪井拓斗は、はじめて逢ったときと同じように、ぎざぎざの髪の向こうから凶暴な目で僕をにらみつけてきた。

「全部通してラップなんて、聴きどころがないし、CMにも使いづらい。バッキングも肩肘張りすぎてる。ねえ、サビの後ろのギターのオブリがすごくいいメロディだろ。これに日本語の歌詞乗せてコーラスつけよう。すごく印象的なサビになる」

「なに今さら、ふざけてンですか？」

棘《とげ》だらけの声で窪井拓斗は言った。僕は目をそらさないようにするのに必死だった。

「ふざけてない。まっとうな意見だよ。このアレンジ案だってずっと前から練ってあったし、譜面もある」

「いやですよ。だれの曲だと思ってンですか」

「拓斗くんの曲だよ。でも、きみだけのものでもない。会社が投資してるんだから会社のものでもある。売れるようにするのも僕の仕事なんだよ。正直に言う。日本人って、ラップのほんとうの価値を理解できないんだ。だからこれはこのままじゃ売れない」

彼の青白い無表情に、かすかな波が立った。僕は言葉を続けた。

「サビ前までラップで、サビには耳に残りやすいメロディを入れる。日本でラップを売ろうとしたらもうそれしかない。小室哲哉《こむろてつや》もドラゴンアッシュもケツメイシもみんな同じ結論にたどり着いてる」

「知らねえよ」と窪井拓斗は吐き捨てた。「金のためだけに演って愉《たの》しいのかよ?」

「愉しいよ」

僕は押し殺した声で答える。

「お金を払うっていうのは、最高の形の称讃《しょうさん》なんだよ。人生削って払ってるんだ。その評価はほんものなんだよ。自分の力で創った曲が、ほんものの評価を集める。最高だろ。僕はそのためにこの仕事やってるんだ」

「だれがどんだけ誉《ほ》めようが、いくら札束積もうが、俺自身が納得してねえ曲だったら無意味じゃねえか」

窪井拓斗は立ち上がってパイプ椅子を蹴倒した。

「もうレコーディングは終わってんだ。さっさとトラックダウンしてくれ」

スタジオを出ていく彼に、僕も含めて、だれも声をかけなかった。僕の真後ろに座っていたエンジニアがあくびをした。ギタリストとキーボーディストは僕をちらちら見ている。青二才からの仕事を請けてしまったことを後悔しているのかもしれない。僕も何度か経験があるからわかるが、制作陣の意見が割れているレコーディング現場というのはほんとうに仕事がやりづらいものなのだ。だれの意見を汲《く》んで演奏していいかわからないからだ。

「どうすんの、シュン」

エンジニアがのんびりした声で言った。僕は、用意してあったもう一つの楽譜を取り出して二人のプレイヤーに渡した。どちらも譜面をざっと見て、訝《いぶか》しげな目を僕に向けてくる。

「こりゃあ、さっきあの坊やがふざけんなっつってたアレンジ案じゃねえか」

「いいのか。演ンのか？」

僕の頭のそろばんがぱちぱち音を立てる。予算管理もプロデューサーの大切な仕事だ。レコーディング予算の大部分はスタジオのレンタル料である。窪井拓斗を今後も説得しつつ様々なアレンジ案を録って聴かせてみて心変わりを待つ――なんてことをしてたらすぐに予算が吹っ飛ぶ。もう、やるしかない。

指先にしびれが走る。僕はこれから、許されないことをやろうとしている。でも、と思う。自分で言ったじゃないか。この曲は窪井拓斗だけのものじゃないんだ。

そのときなぜか、いつかのリカコの言葉がフラッシュバックする。

音楽やめるくらいなら、音楽やめるよ。

あれはこういう意味だったのだろうか？　わからない。とにかく、他に選択肢はなかった。僕は自分の譜面に強く爪を立て、二人にうなずいてみせた。

「これで録ります」

「ヴォーカルどうするんだ。坊やは帰っちまったぞ」

ギタリストがスタジオの外に続く防音扉をちらと見て言う。

「……僕が歌いますよ」

*

その日のうちに、仮ミックスした音源をプロデューサーの邦本さんに送った。すぐに聴いてみてください、販促や営業の方にも、とメッセージも添えた。「いいね、これ」と言ってほしかった。僕の暴挙に、一人でも多くの賛同者がほしかったのだ。

ほんとうに、プロデューサー失格だった。

*

トラックダウンとかミックスダウンとか呼ばれる作業は、レコーディングの最終工程となる。いくつものトラックに分割して録音された各パートを、音量や音色や定位を調整しながら一本のステレオ音源にまとめあげる。客が実際に耳にする『曲の全体像』を決定する、非常に重要なプロセスだ。

　この作業は、地味で専門的で気長な微調整の繰り返しなので、エンジニアの独擅場だ。僕らプロデューサーは曲の大まかな方針を伝えるだけで、けっきょくはエンジニアのセンス任せとなる。

　エンジニアは昼からスタジオに入って音源をすり切れるほど吟味し、僕は夕方の六時頃にそこに加わって細かなリクエストを伝える。そして夜の八時、邦本さんたちレコード会社のスタッフと、そしてアーティスト——窪井拓斗がやってくる。

「いやあ、蒔田ちゃん、仮ミックス聴かせてもらったけど、いいねえ。期待以上の仕上がりだったよ」

　邦本さんがえびす顔で言い、営業部長も販促部長もうなずきあうので、僕は窪井拓斗の顔を見られなくなる。

「なんですか、仮ミックスって。俺より先に聴かせたってこと？」

　彼の声を無視して、僕はエンジニアに音源を流すように指示する。

　モニタスピーカーから流れる、しゃがれたアコースティックのギターリフ。単純なパターンの上に重ねられていくエレクトリックギターとシタールの分割和音。やがて焦燥感を駆り立てる16ビートのドラムが入る。ボンゴとコンガのリズムに、窪井拓斗の少年とも少女ともつかない不思議なつぶやき声が息を送り込む。太古からの祈り、あるいは呪い。血の儀式の前夜に火を囲んで語らう人々の群れ。

けれど不意に夜が明ける。僕の隣で、窪井拓斗が息を呑《の》み、目を剝く。なぜなら、高まる彼の語りのはるか上空を、歌声が虹みたいに横切ったからだ。だれが聴いてもわかる。僕の声だ。聴き取れないほどの高みにまで積み上げられたファルセット。そのコーラスの合間に窪井拓斗の掻きむしるギターソロが織り込まれていく。エンジニアの魔法の手が、歌声と楽器とを完璧に融《と》け合わせていた。歌った僕自身にも聞き分けられないほどだ。

コーラスの終わりに、不快な衝撃音が走った。僕はぎょっとして身をすくめる。窪井拓斗がミキシングコンソールに両手を叩きつけたのだ。彼はモニタスピーカーをにらみつけ、それから僕を振り返った。

「なンだよこれは！」

ドラムスさえもかき消すほどの大声で怒鳴る。

「言っただろ。僕のアレンジ案。サビに歌メロ入れるって」

「だれがやっていいって言ったッ！」

「もう邦本さんにもこれでいい感じだって言ってもらえた。よく聴いてくれよ。僕らが一緒に創った曲だ。勝手に声かぶせたのは悪かったと思ってるけど、実際にできたのを聴いてもらえばぜったいにわかってくれると思ったから——」

窪井拓斗は手を持ち上げて僕の言葉を遮った。不意に気づく。彼の両眼から獰猛《どうもう》な光がいつの間にか消えている。怒りのかわりに彼の顔に染みついているのは、絶望だ。

……絶望？

「……これが、蒔田さん、あんたの結論か」

窪井拓斗はつぶやいた。陰鬱なラップにも潰されてしまいそうな囁《ささや》き声だったけれど、そのときの僕にはなぜだかはっきりと聞こえた。

「こうでもしなきゃ売り出せないっていうことか」

「そうだよ。そこは譲れないよ。きみの曲だけど、僕の曲でもある」

そのとき、窪井拓斗はくたびれきった笑みを浮かべた。それは僕が見た、彼の最初で最後の笑顔だった。

最悪の——微笑《ほほえ》みだった。

「そうだな。……これァ、あんたの曲じゃねえか」

彼は踵《きびす》を返した。表情を固くしている邦本さんに告げる。

「この話、無しにしてもらうよ」

邦本さんの引き結んだ唇が震えた。脇に座っていた営業と販促はよく声が聴き取れなかったのだろう、顔を見合わせている。けれど窪井拓斗がミキシングルームを出ていこうとするのを見て、さすがにただならぬ事態だと悟ったらしく、腰を浮かせて僕と彼の背中とを見比べ、口々になにか言った。

僕は彼を追いかけてスタジオを飛び出した。

廊下の突き当たり、閉じかけたエレベーターの扉が彼の姿を遮ろうとしていた。隙間に飛び込む。ドアががたついて開き、僕をエレベーター内に呑み込んでまた閉じる。

舌打ちが降ってきた。顔を上げると、窪井拓斗はエレベーターの壁の隅に背中を押しつけて自分の爪先を見つめ、押し黙っていた。下降が始まり、吐き気がするほどの目まいがやってきた。

「……無し、って——」

切れ切れの声が僕の喉から出てくる。

「——どういうこと」

「ロンドンに帰る。日本は——もう、いい。俺が演る場所はねえ。もうわかった」

僕は思わず彼の両肩をつかんで壁に強く押しつけていた。

「な——なんだよそれ？　帰る？　あのシングルはどうするんだよ、これからＣＭもあるっていうのに」

「だから、その話は無しだっつってンだろ」

「タイアップ決まってんだぞ、レコーディングだってもう済んでる」

「知らねえよ。俺には関係ねえ。俺の曲が出せねえなら、日本で演る意味はねえだろ」

後頭部あたりがかあっと熱くなるのがわかる。

「そんな勝手なこと通ると思ってんのか、どんだけ迷惑かかると思ってんだよ！　僕、僕は、僕はたしかにまずいプロデューサーだったかもしれない、でもあの音源が認められなくても、他の人と組んでやり直せばいいだけの話だろ、なんで無しなんて言い出すんだ馬鹿か？」

エレベーターが止まった。背後でドアが開き、冷房の風が流れ込んでくる。

窪井拓斗の、漂白されきった目がすぐ前にある。

「……馬鹿はあんただよ、蒔田さん」

ぞっとするほど柔らかい声で彼は言った。

「四千枚だ」

「……え？」

「俺が日本でのプロデューサーを見つけようと思って、片っ端から聴いたアルバムの数だよ。有名なのもたくさんあったが、どれもこれも糞だった。糞の山の中で、唯一ましだったのがいた。蒔田シュンてやつだ」

彼が僕の手を肩から払う。僕の腕は力なく落ちて垂れる。

「あンたがだめなら、日本はもう全部糞ってことだ。いないかもしれない二人目の蒔田シュンを見つけるために、また四千枚の糞を聴くなんて、もういやだよ。……くたびれたよ」

窪井拓斗は僕を押しのけ、エレベーターを出ていった。声をかけることも、振り向くことさえもできなかった。ドアが背後で閉じ、遠ざかる足音を断ち切った。

音楽やめるくらいなら、音楽やめるよ。

リカコの言葉が耳の中でこだまする。何度も、何度も。

＊

邦本さんには、後日、謝られてしまった。

「ごめんね。……あんな仕事押しつけて。……蒔田ちゃんのせいじゃないよ」

邦本さんの顔をまともに見られなかったし、ろくな返事もできなかった。だって、なんて言えばいい？　おまえのせいだ、責任をとれ、と罵られた方がましだった。

和田さんは、こう言っただけだった。

「ギャラはいくらか払うようにあっちの会社にしつこく言っといたから安心しろ」

こういうとき、ドライな金の話だけしてくれる和田さんの気遣いが嬉しく、相対的に自分の惨めさはいや増した。

どこから話が漏れたのか、『窪井拓斗の歌手デビュー潰れる』という記事がゴシップ週刊誌の巻頭を飾った。読むまいと思いつつも、ネット版を見かけて、つい開いてしまう。蒔田シュンの名前も揉めごとの当事者として載っていた。記事の事実関係がいやに正確だったところからして、たぶん内部関係者のリークだろう。よせばいいのに、けっきょく全文を読んでしまい、僕はトイレにこもって胃袋の中身を残らず嘔吐《おうと》した。シャワーを浴びてもまだ胃液のにおいはとれなかったので、台所に残っていたラム酒の小壜《こびん》をあけた。

最悪だと思っていた下にはさらなる最悪があるもので、酔いつぶれて寝ていたら携帯が鳴った。リカコからだった。

『……大丈夫？』

なにが？　と訊き返しそうになった。酒で喉が焼けていて声がうまく出なかった。

『あの、……雑誌の、あれ、読んじゃった。大丈夫？』

「……大丈夫だよ。だいたいあの通りで、べつに嘘は書かれてなかった」

そういうことじゃないだろう、と頭の片隅のしらふの僕があきれた。リカコも電話の向こうでしばし言葉を失ったのがわかった。

『一昨日も昨日も、電話しても出ないから、どうしたのかなーって』

言われてはじめて、大量の不在着信に気づいた。携帯が手元にあるとついネットを見てしまうので枕の下に突っ込んだのだ。けっきょくPCの方で見てしまったけれど。

『でも、でも、……蒔田さんが悪いわけじゃないんだよね？』

ひょっとして慰めようとしているのか、と僕はどんよりした気持ちになる。

「いや。だいたい僕が悪いよ」

酔っていたせいもあるのだろう。僕は、窪井拓斗との出逢いから打ち合わせ、リハーサル、レコーディングの最中の様々なやりとりをべらべらとリカコに語って聞かせた。途中からほとんど独り言みたいになっていた。自分がどこでどう間違えたのか、振り返ってみたいという思いもあったのかもしれない。

ひとしきり喋《しゃべ》り終わり、僕は万年床の枕元のペットボトルを引っぱり寄せ、中身の烏《ウー》龍茶《ロンちゃ》を飲み干して喉の痛みをまぎらわせた。

『……わたし、その人の気持ちがちょっとわかる。わたしも、同じ立場だったら、その曲は売り出してほしくない』

リカコがずっとずっと遠くで言った。

「そうか。リカコも、アーティストだもんな」

『その言い方はなんだかいやだな』

リカコの声が曇ったのには気づいていたけれど、僕は謝らなかった。

「僕には全然わからないよ。なんだよ。ほんとに、なんなんだよ」

『ごめん』

「なんでリカコが謝るんだよ？」

『ごめん』

　理不尽な怒りが湧いてきた。しばらく電話しないでくれないかな、ひとりで静かにしてたいんだ、とまで言ってしまい、こっちから電話を切った。最低だった。

　ほんとうは僕にも、窪井拓斗の気持ちは多少わかった。僕が理解できずに煩悶《はんもん》していたのは自分自身だった。たかが中程度の仕事をひとつ失敗しただけだ。なんでこんなに落ち込んでいるんだ？　わからなかった。枕に顔を押しつけても、吐き気が渦を巻くだけで、眠気はやってこなかった。

＊

　答えがようやくわかったのは、二週間ほど後のことだった。

　太陽を避けるように冷房かけっぱなしの自室に閉じこもってライター仕事ばかりしていたせいで生活が完全に昼夜逆転し、カーテンの隙間から少し光が射《さ》し込むだけで皮膚がちくちく痛むような錯覚をおぼえた。しかしＰＣにかじりついていたおかげで、その情報にタイムリーに触れることができた。窪井拓斗がウェブラジオで歌手デビュー取りやめの件について語るらしい、という噂がネットのあちこちに流れたのだ。

時刻を確認する。午前三時半。ロンドン時間で午後七時半。ウェブラジオはもう始まっていた。配信サイトにアクセスすると、こんな深夜なのに視聴者数は五桁に届いていた。ＰＣの音声出力をオーディオのスピーカーにつなぐ。

『……俺から言うことは、もう、特にないです』

懐かしい、錆びついているのにどこか女性的でもある彼の声が流れ出てくる。懐かしむほどの時間はまだ経《た》っていない。

懐かしい？　と僕は思う。最後に逢ったのはせいぜい一ヶ月前じゃないか。

それから気づく。声そのものだ。忘れ物をとりに教室に駆け戻ったとき、夕映えに染まる校舎の廊下に響くだれかの声――そんなイメージを喚《よ》び起こす窪井拓斗の声そのものが、懐かしいのだ。胸のいちばん奥に触れそうなほど。

『だれが悪いとかってのでもない。べつにだれかをかばってるわけでもない。人生何回やり直したって俺はあの通りにしたし、あっちもあの通りにしただろうと思う』

なんだよそれ、と僕は再び思った。なんなんだよ。それなら、だれも悪くないなら、僕の内側からノックし続けるこれは一体なんだ？

『ただ、アレンジを勝手に変えられて……そのアレンジが糞だったら、相手をぶん殴って、音を削りゃあいいだけだった。でも、そうじゃなかった。ただの糞じゃなかった。

だから俺としては、やめるしかなかった。俺にないものがなにかもよくわかったし、それを足したら俺じゃねえのもわかったし、なにより』

そこで僕は、窪井拓斗の声の裏側で響く聞き慣れた音に気づく。微細に音程を上下させながら手探りする金属弦の響き。

ギターを調律しているのだ。

『あの曲がほんとうはどういう曲なのか、自分でもわかってなかったのが、わかった。今日それを演ります。これはもう二度と世に出すつもりはねえし、何万人聴いてるか知らないけど、おまえらに聴かせるために歌うんでもない。ただ、あンたのために演る。聴いててくれりゃいいけどな』

胸に息がつかえた。なにかが喉を伝ってこみ上げてきた。通り雨のような激しいギターストロークが僕の耳を掻きむしった。窪井拓斗の歌声が弾《はじ》け、火花となり、僕を暗がりの中で打ちのめした。

それは幻覚だった。自分でも痛いほど理解していた。ギターと歌声だけの素朴で未完成なサウンドだ。数万の音の染みついた僕の意識が、沸き立つリズムを、コーラスを、勝手に補完する。この世に存在しない最高の音で空白をひとりでに埋める。

心の内でしか成り立たないはずの断章曲《モヴィメント》は、それでも、僕を灼《や》き焦がした。

はじめてデモを聴いたときからわかっていた。彼はほんとうに特別な歌い手だったのだ。だから僕は迷いなく引き受けた。だれかが絶対に、彼の内側にある熱に名前と形と翼を与えてこの世界に解き放つべきだと思ったのだ。

でも僕は、手放してしまった。このサウンドをテープに焼きつけることができなかった。この歌を永遠に損なったのだ。

だれが悪いのでもない。責められるべき人間もいない。

ただ――僕は失敗した。

この歌声を喪《うしな》った。喪った。喪ったのだ。もう戻ってこない。それが哀しいだけ。

僕はブラウザを閉じた。スピーカーは唐突に沈黙した。熱気でぼんやりとぬかるんだ暗闇に、遠く地球の裏側から届く歌の残響が、二度と手に入らない完璧な光の破片が、長い間ずっと漂っていた。

不可分カノン

迷ったとき、道を見失ったとき、日が暮れてきて燃料が心もとないとき、大切なのは戻る勇気を出すことだ。立ちすくんでいてはいけない。そこまで歩いてきた苦労が無駄になってしまうと考えてもいけない（とっくに無駄になっているからだ）。とにかく踵《きびす》を返して、見知った景色が現れるまで来た道を戻るのだ。そうして記憶にある分かれ道までやってきたら、ようやく息をついて、自分の目指す場所を再確認して、空っぽの胃袋にサンドウィッチをコーラで流し込んで、また歩き出せばいい。これが三十年生きてきて得た、唯一のましな教訓だ。

僕は大学を中退して東京に出てきてからかれこれ十年間、音楽業界の端っこに引っかかって飯を食っている。最近は仕事も少しずつ増え、ようやく本業はミュージシャンですと言っても恥ずかしくないくらいになった。とはいえ、一般人がミュージシャンと聞いてすぐに思い浮かべるような表舞台での華々しい仕事をしているわけではない。作曲はするけれど、スーパーの店内ＢＧＭ、テレビＣＭソング、イベントのオープニングテーマといった、あまり芸術的ではない創作ばかりだ。自分の好みではない曲でもきっちり仕上げなければいけない。注文も制約も多いし、納期も厳しい。

だから、よく行き詰まる。

まっさらな五線譜を前にして何時間も粘っても一片のフレーズも浮かんでこなかったら、もうやるだけ無駄だ。戻るしかない。

どこへ？

ピアノの椅子から立ち、楽譜と雑誌で足の踏み場もない八畳間を横切り、ＣＤの並ぶ棚に手を伸ばす。ずっと昔から好きだったアルバムをひたすら聴くのだ。キース・ジャレット・トリオのスタンダーズ1、シャルル・ミュンシュが振るボストン交響楽団のドヴォルザーク、ジブリ映画のサウンドトラック、ＥＬＯのライヴ盤……。迷ったらどこまでも戻って、僕の音楽が根ざしている場所を確かめる。僕の指がいま選び取ろうとしているすべての音が、少年時代につながっていることを確かめるのだ。結局のところ、芸術的であろうがなかろうが、音楽の原動力なんて子供の頃の憧れ以外にないのだ。

＊

ときおり、ほんとうに少年時代に戻らなければならないときがある。

つまり、新幹線と鈍行とバスを乗り継いで、東京から遠く離れた生まれ故郷のしょぼくれた町に帰るわけだ。

しじゅう薄曇りで、通りはどこも腐った牛乳みたいなにおいがして、どの商店にも錆びついたシャッターが下ろされ、野良犬も申し訳なさそうにうなだれて歩いている。僕が二十年間過ごしたのはそんな町だ。

僕が生まれ育った家は、どぶ川沿いの二階建ての一軒家だった。最近内装に手を入れたらしく、玄関をくぐったとたん真新しい壁紙接着剤のにおいが鼻についた。

「どうしたの、正月でもないのにいきなり帰ってきて」

還暦過ぎの母が、そわそわと食事の支度を始める。

「ちゃんとまともなご飯食べてるの？　そんながりがりに痩せて、どうせカップ麺ばっかりなんでしょう」

こっちはそろそろお腹のたるみも少し気になってきた年齢だというのに、母親にとっては息子はいつまでたっても栄養の足りないガキに見えるらしい。

「寒くない？　こたつ点《つ》ける？」

「まだ九月だよ？」

僕はあきれて、二階にあがった。

かつての僕の部屋は、今や物置である。父は無趣味なくせに趣味を見つけなければと強迫観念に駆られて色々と手を出すタイプで、しかもなにを始めるにしろひととおり買いそろえ、たいがいすぐに飽きてしまう人だった。僕の部屋にはカメラや三脚やキャンプ用品やスキー板や釣り具といった定年後の夢の残骸が次々に押し込められ、帰省するたびに狭苦しさを増していた。奥の押し入れから段ボール箱を取り出すためだけに、大量のがらくたをいったん廊下に出さなければならなかった。ちょっとした蚤《のみ》の市《いち》が開けそうだ。

目当ての箱を見つけ、ガムテープをはがすと、胸につかえる埃っぽいにおいがあふれ出す。

中にぎっしりと隙間なく並んでいるのは、懐かしいカセットテープだ。ラベルにボールペンで手書きされたアーティスト名はどれも色あせている。ユニコーン、ブルーハーツ、ジュン・スカイウォーカーズ、ブランキー・ジェット・シティ、僕にとってはそんな時代だった。借りたＣＤとにらめっこして録音時間内にいかにいっぱい詰め込めるか曲順を考えたり、気に入った歌詞をルーズリーフに書き付けてきつく折りたたんで持ち歩いたり、授業中にウォークマンのイヤフォンの右側だけを耳に入れて曲を聴いていたせいでベースのフレーズばかり憶《おぼ》えてしまったり……。

もうカセットテープを再生する機器はみんな捨ててしまった。けれどテープ自体はどうしても捨てられず、かといって東京に持っていっても使い道も置き場もないので、こうして実家の押し入れにしまってあるのだ。

ほんとうにどうしようもなく迷ったとき、僕はここに帰ってくる。再生する必要はない。カセットケースを取り出し、背を指でなぞるだけで、まるで割っていないカルーアみたいに凶暴に甘い浅井健一《ベンジー》の歌声が流れ込んでくる。

じっと耳を澄ませ、問いかける。僕はここにつながっているだろうか？

*

曲を書けなくなってしまったのは、仕事で大きな失敗をしたせいだった。いや、正確には、その失敗のせいだと思い込みたいのだ。大した原因もなく旋律が浮かばなくなってしまうのはどんな病よりも怖い。ラベルを貼って安心したい。

カセットケースの冷たさを手の中で転がしながら、あれは果たして失敗だったのだろうか、と思う。

僕はあれから何度となく、窪井拓斗《くぼいたくと》とのいくつものやりとりを頭の中で繰り返した。他にやりようはなかっただろうか。もっと彼の心の奥深くに届く言葉を見つけ出せたのではないだろうか。あるいは彼の望む通りの音楽を、レコード会社も客も納得する形に磨き上げることができたのではないか……と。

仕事は手につかなかった。

ひとつのフレーズも、一節の歌詞も出てこなかった。僕はスケジュールをみんなキャンセルして休むことにした。所属プロダクションの制作部長の和田《わだ》さんも、おまえ少し休暇とれ、と言ってくれた。

そこでピアノの蓋を閉じ、ギターをケースに突っ込み、ノートPCの電源を引っこ抜き、僕はふるさとに向かったわけだ。

列車の中でも、バスの中でも、懐かしい昔の通学路を実家へと歩く間も、ずっと考え続けた。結論はいつも同じだった。

何度やり直せても、僕は同じことをするだろう。

窪井拓斗も、同じことを言っていた。彼が僕の技術や感性に絶望して離れていったのなら、まだ反省の余地はあった。でも彼は僕の編曲の良さを認めてくれたのだ――最悪なことに。

つまり僕の仕事に改善の余地などなかった。どうしようもなかった。僕らはお互いに正しい道を選んで、お互いの目の前という行き止まりにたどり着いてしまったのだ。

だから僕はここに戻ってきた。

OK、僕の失敗はたしかにこの場所につながっている。ここからまた一歩一歩やり直せばいいだけだ。

頭ではそうとわかっていても、身体《からだ》はなかなかいうことを聞かなかった。僕は廊下の隅にへたり込んだまま、段ボール箱に片腕を沈め、カセットケースの背に並んだ色褪《いろあ》せたボールペンの字を指でたどっていた。

＊

夕食のときに母がいきなり言った。

「叔母さんがねえ、シュンくんのことえらく気に掛けててねえ」

本題も聞かないうちから僕は暗澹《あんたん》たる気分になっていた。お節介好きで有名な本家の大叔母のことだ。

「なんだったかしら、シュンくん、週刊誌に載っちゃったんだって？」

音量を落としたテレビ画面をにらみながら味噌汁をすすっていた父が、ぴくりと眉を動かした。

かんべんしてくれよ、と僕は、ワイドショーや新聞の文化芸能面や女性ゴシップ誌を残らずチェックしているであろう大叔母のことを呪った。田畑とどぶ川ばかりの田舎町には他に娯楽がないのか？

「少しね。ちょこっと仕事でしくじっただけ。相手がわりと有名な人だったから」

窪井拓斗はそのぶっきらぼうなキャラクターが受けて話題急上昇中のタレントだったので、歌手デビューが潰れたことを一部のマスコミが嗅ぎつけて騒いだのだ。僕の名前も（おそらくは加害者扱いで）誌面に出てしまった。

「べつにどうってことないよ。訴えられたわけでもないし」

それは自分に言い聞かせる言葉でもあったが、同時に、仕事の失敗を気に病んで実家に逃げ帰ってきたと思われたくない虚勢でもあった。

ところが母は声を少し明るくして言う。

「それで叔母さんがね、ニュースになっちゃうくらいの仕事手がけてるんだから、きっとうまくいってるのねえ、って嬉しそうに言ってて、……そういうもんなの？」

僕はしばらく返す言葉を思いつけず、もくもくと里芋の煮付けを口に運んだ。

的外れなことを言われたからではない。逆だ。実にその通りだったのだ。まさか世話好き婆《ばあ》さんの言葉を又聞きして心が軽くなるとは思っていなかった。

案の定、母はそのうち見合いがどうとか東京は家賃が高いとか米も水も不味《まず》いとか戻ってきなさいとか言い出したので、僕は聞こえないふりをした。けれどひとつだけどうしても耳に引っかかってしまった言葉がある。

「シュンくん、東京でつきあってる女の人がいるの？　もしそうなら一度ちゃんと連れてきなさいな」

そのせいで食事中も風呂に入っている間も布団に潜り込んでからも、リカコのことが頭から離れなかった。

＊

リカコと連絡をとらなくなってから、そろそろ三週間になる。

彼女は海外ツアーやレコーディングでたいへん多忙なトップアーティストだから、これまでも一ヶ月顔を合わせず電話もしないなんてことがざらにあった。だいいち僕らはべつにつきあっているわけではないのだ。関係を問われたら、友人と答えるのもなんだか違和感があるくらいの微妙な仲だ。

けれど今回ばかりは、最後の電話の切り方がひどく後味の悪いものだったので、音信が絶えたまま一日また一日と過ぎるのが不安でしょうがなかった。

こっちから電話をかければいいのだ。それはわかっていた。でもまた気まずい会話になってしまうのが怖くて指が動かなかった。僕の精神年齢は十七歳くらいで止まっているのだ。たまに逢《あ》う高校の同窓生にも、昔とまるで変わっていないとよく笑われる。

しかし、今の僕にもひとつだけ、十七歳の頃にはできなかったことができる。酒だ。

実家から東京に戻ってきてすぐの夜、やはりピアノの譜面台にまっさらな五線譜を広げてもひとつのフレーズも浮かんでこなかったので、僕は缶ビール二本と瓶の底に二センチ残ったフォアローゼズを立て続けにあけ、回り始めたアルコールの勢いを借りてリカコに電話をかけた。暗い自室の中をぼんやり見渡しながら、コール音を数える。火照った耳に押し当てた携帯電話の冷たさのせいで、酔いの勢いが少し萎《しぼ》む。このままつながらないのがいちばんいいんじゃないか、なんて思いも湧いてくる。ともかく僕は電話をかけるという勇気を示したのだ。それはリカコの携帯にも履歴として残る。今夜のところは不在で終わってしまえばいい。今度は僕が折り返しを待つ番になる。リカコが僕と話したがっているのかどうかわからないで不安なのだから、待つ立場の方が気が楽だ。酔っ払っているせいなのか、僕の精神年齢はコール音ひとつにつき一歳ずつさらに下がっているみたいだった。なまぬるい酒の川を、船はゆっくりと遡っていく。好きな娘《こ》の机に触るだけで動悸《どうき》がしていた中学生の頃、好きという感情を持つこと自体が恥ずかしかった小学生の頃……

コール音がぶつりと断ち切られた。

『……蒔田《まきた》さんっ？』

リカコのひっくり返った声が聞こえてくる。

『蒔田さん、蒔田さん？　蒔田さんだよねっ？』

「……うん。そう。蒔田シュンです」

僕も心の準備が全然できていなかったので、変な敬語になってしまう。

『えっ、えっ、どうしてそんな他人行儀なの、ひょっとしてまだ怒ってる？　わたしに怒ってるんだよね？』

「いや。なんで？　怒る？」

相手がこれだけうろたえてくれると、こっちとしてはいやでも冷静になってしまう。酔いもすっかり醒《さ》めようというものだ。

『だって前の電話でわたしだいぶ無神経なこと言った気がするし、蒔田さんめっちゃ怒ってたし、いきなり切ってあれからずっと音沙汰ないし、きっときらわれたんだなーって思って』

「女子高生かよ」

『よくそう言われる』

似たもの同士、と僕は声に出さずに付け加える。

「怒ってないよ。無神経なことを言ったのは僕の方だから僕が謝る。その、ちょっと決心がつかなくて、だいぶ時間あいちゃって、リカコも忙しそうだったし」

『蒔田さんが謝る必要なんてないよ！』とリカコは言う。『無神経なのはいつものことじゃない』

「フォローしてんだか貶《けな》してんだかはっきりしてくれ」

いつもの軽口のつもりだった。リカコの声を聞いて、胸にたまっていたものがだいぶ軽くなっていたのだ。でも彼女は声を落とした。

『ごめんなさい。そのっ、……ごめんなさい。今のはただの冗談で』

「いや、だから、謝らないでよ。こっちだってただの冗談だよ」

おかしいな、と僕は思った。彼女はこの会話の流れで萎《しお》れるタイプじゃない。ここは声をあげて笑うところだろう?

『わたしずっと心配で、蒔田さんものすごく落ち込んでたし、ねえ蒔田さん、このままやめちゃったりしないよね』

「やめる?」

『だって、音楽やめるとかなんとかいう話してたから、それで……』

リカコの声は消え入りそうになる。僕がやめるなんて話はしてないだろう、とあきれてしまうが、考えてみればちゃんと説明しなかった僕が悪いのだ。たしかに、リカコに訊《たず》ねた。音楽やめるとしたらどんなとき? リカコは答えた。音楽やめるくらいなら、音楽やめるよ。

その謎めいた言葉を会話の終わりにしてしまい、僕はプロデュースの仕事で忙しくなり、ついにはアーティストを一人潰して、リカコと顔を合わせないまま休暇に入ってしまった。心配されるのも無理のないことだった。

息を大きく吐き出して、電話を左手に持ち替える。

「あれは僕の話じゃないよ。窪井拓斗が、自分の音楽を曲げるくらいなら音楽やめる、なんて言ってたもんだからさ、ただ参考までにリカコの考えを聞いただけ」

『そうなの？　……でも蒔田さん、あれ聴いて平気なの？』

「あれ、って」

『窪井拓斗がウェブラジオで演《や》ったやつ』

僕は唾を飲み込んだ。

もちろん平気じゃなかったよ、と僕は声に出さずにリカコに答えた。だから今もこうして歌声を喪《な》くしたままだし、きみに三週間も連絡できなかったんだ。

『それに、仕事みんなキャンセルしちゃったって聞いて……』

「ああ、うん。休暇とってる。あちこち迷惑かけたけど」

スランプ、という単語はおこがましくて口に出せなかった。しかし要するにリカコが案じている通りだった。僕は落ち込んでいて、音楽の仕事をやめている状態なのだ。これが一時的なものだとだれが断言できる？

芸術家気取りかよ、と僕は自嘲する。

「大丈夫だよ。ここんとこ仕事詰めすぎてたし、しばらくのんびりしようかなってだけ。色々と考え過ぎちゃって、今なにやってもろくなものにならないんだ」

愚痴っているみたいで恥ずかしくなり、僕は声の調子を変えて付け加えた。

「ごめん、リカコには縁のない話だよね」

幼い頃から呼吸するように歌ってきた彼女なのだ。つまらない考えごとのせいで音楽ができなくなってしまうなんて理解の外だろう、とそのときの僕は思っていた。

ところが、リカコは黙り込んでしまった。受話器からどろりとした沈黙が流れ出して僕の耳を濡《ぬ》らし、寒気に肩が震えた。

「……リカコ？」

『……んん。なんでもない』

気づくべきだったのだ。リカコのいちばん柔らかい部分に触れてしまったのだと、そのとき気づくべきだったのだ。でも僕は無駄に歳を重ねただけでいまだに自分のことで手一杯の愚かな子供だったし、おまけにリカコはすぐに声を明るくして続けた。

『蒔田さんがほんとに落ち込んでるみたいで、おかげでわたしの方はちょっと元気になったよ。あはは』

なんだよそれ、と思ったが、軽口で応えることにした。

「そんなことくらいで元気になってくれるなら、目の前でいくらでも落ち込むよ」

それから、久しぶりに夕食でも一緒にどう、と自然なそぶりで誘ってみた。

『今レコーディング中だから、うう、どうしよう』

「あ、いや、忙しいなら無理には」

『そうじゃなくてスタジオで生活してるみたいな感じだから服なんて毎日パジャマのまだし化粧のしかたも忘れちゃってるかもしれないし蒔田さんに合わせる顔がないよ』

僕は笑ってしまったが、たぶん後から考えるとこのときのリカコは精一杯言いつくろったのだろう。

『金曜くらいなら、一段落してると思う。……ううん、一段落させる』

じゃあ、夜の七時くらいに電話するね、とリカコは言って電話を切った。

*

でもその週の金曜日、夜八時を過ぎてもリカコからの電話はなかった。

とくに待ち合わせをしていたわけではないので、僕は自宅で台所の掃除をしていた。気づくと八時で、携帯電話を確認してもリカコからの着信もメールもなかった。こちらからかけてみてもつながらない。

レコーディングが長引いているのだろうか、と思った。電話で話したとき、だいぶくたびれている感じだった。

すっぽかされたとしてもしょうがないかな、と僕は思い始めていた。

海野《うみの》リカコの新作フルアルバムとなれば億単位の金が動く。僕のつまらない下心なんて後回しにされて当然だ。

　布団に転がり、携帯の画面の時刻表示をじっと見つめていると、リカコのたどたどしい言葉のひとつひとつが浮かんできて僕の心の表面を引っ掻いた。今になって、気になり始めていた。待つ時間のせいかもしれない。

　いつ眠ってしまったのか、僕は着信音で飛び起きた。リカコからだった。

『ごめんなさい。ほんとごめんなさい』

　彼女の声を遠く聞きながら、僕は電灯が点けっぱなしだった部屋を見回し、時計を探して時刻を確かめた。日付が変わろうとしているところだった。

「いや、うん……べつに」

　寝起きのせいで、とりつくろう言葉がうまく出てこなかった。気にしてないよ、そっちこそ忙しいんだから僕との約束なんて無理して守らなくていいんだよ、という正直な気持ちを厭味《いやみ》にならないように伝えるのは無理そうだった。

「またべつの日でも」

『ごめんなさい。……あれ、聴いちゃった』

　僕は二度、唾を飲み込んだ。リカコがいきなりなにを言い出したのかよくわからなかった。

「あれ？　って？」

『お蔵入りになっちゃったやつ。蒔田さんが窪井拓斗と録《と》ったシングル。あのね、あれからずっと蒔田さんの話が気になって、気になって、どうしようもないくらい気になって、どうしても聴きたかったからレコード会社の人に無理言って』

なにか言おうとしてもしばらく乾いた吐息しか出てこなかった。酔っ払って変な夢でも見ているんじゃないかとさえ一瞬思った。だって、なんでリカコがわざわざそんなことしなくちゃいけないんだ？

『蒔田さんは、あれでいいの？』

「だからなにが」

『もうちょっとで形になりかけてたんでしょ。聞こえそうだったんでしょ？　それなのに棄《す》てちゃうの？』

リカコがなにを言っているのか、どうしてそんなに切実そうなのか、そのときの僕にはうまく理解できなかった。

「形にはしたよ。ただ――」

『してないよ。だってあんなの全然中途半端でしょ？　蒔田さんあれで満足してるの？　そんなわけないよね蒔田さんならもっと先にある音が聞こえるよね？』

ぞっとした。

僕はリチャード・ファインマンの著書で見かけた「じかに触れたプルトニウムはほのかに温かかった」という記述をなぜか思い出した。そんな危険な微熱がそのときのリカコの言葉から感じられたのだ。

『わたしなら絶対にいやだよ。見えてるのに、聞こえてるのに、わかってるのに、届かなくて足りなくて形にできなくてあきらめるなんて絶対にやだ』

そんなこと言ったってしょうがないだろ？　本人がやめちゃったんだぞ？　と僕は言いかけて口をつぐむ。

ちがう。リカコはもうそんな話をしていない。

『ずっと蒔田さんのことばっかり考えてた。蒔田さんだけだよ。こんなに何度もわたしに勝って、わたしを打ちのめしたの、蒔田さんだけなんだよ。考えてみたら、はじめて逢ったときからずっとだった。どうしてだろう、どうしてわたしこんなに惹《ひ》かれてるんだろう、って』

いつからそちら側に入り込んでいたのだろう。いつの間にかリカコは自分の話をしている。自分の深いところに沈んだまま息づいていたなにかの話を。

「……僕はそんな大した人間じゃない」

ようやくそれだけ言えた。

『蒔田さんが自分でわかってなくても、わたしにはわかる』

リカコの声が僕のかすれた声を喉まで押し戻した。

『わかっちゃう。わかっちゃったの。わかんないのは、どうしたら手が届くのかってことだけ。どうしたらわたしのものになるの？　どうやったら蒔田さんをつかまえられるの？　わからない。今のままじゃだめなの。だから、もうアルバムの曲はだいたい録り終わってたけどみんな捨てた』

僕は電話を落っことしかけた。

「捨てた？　なんで？」

声が上ずっているのが自分でわかる。アルバム全曲捨てただって？　いくら損失が出ると思ってるんだよ？

『だって、聞こえてるんだよ。もっとすごいのが聞こえてるんだよ、足りないってわかってるものをなんで出さなきゃいけないの？』

ぐちゃぐちゃだ、と僕は思った。リカコの中で、いくつもの感情がどろどろに融《と》けて泡立ちながら混ざり合い、区別できなくなっている。おまえ、自分でなにを喋《しゃべ》っているのか理解しているのか？　僕には理解できない。熱だけが押し寄せてくる。何度も何度も僕の名前が呼ばれているはずなのに、祈りの文句にしか聞こえない。

そこで、なにかがぶつりと切れたような感触があった。リカコの声が遠くなった。

『わたしはあきらめないよ。あきらめたくないよ……』

呼び止めることさえも思いつかなかった。気づくと通話は切れていた。

それが、僕の知っているリカコとの最後の会話だった。

＊

翌週の水曜日の昼前、新宿にある僕の所属プロダクションのオフィスに、僕と同い年くらいのぱりっとしたグレイスーツ姿の若い女性が訪ねてきた。髪は短く刈り込み、縁なしの眼鏡をかけていて、目にははっきりと怒りの色があった。事務机で雑誌のコラムの原稿を書いていた僕のところに、彼女は大股で歩み寄ってきて言った。

「蒔田さん？　蒔田シュンさんですよね？」

僕はキーを叩《たた》く手を止めて目をしばたたき、曖昧にうなずく。オフィスにいた数人のスタッフの視線が集まる。だれだよこいつ？　という疑問を目で彼らに投げかけてみるけれど、だれも答えてくれない。

「海野はどこです。あなたのところにいるんでしょう？」

うみの、というのがだれのことなのか最初は理解できなかった。彼女を社内に案内したらしいアルバイトの子が駆け寄ってきて、申し訳なさそうに小声で言った。

「あの、こちら、海野リカコさんのマネージャー……」

「海野がどこにいるか知っているんでしょう?」

僕もアルバイトの子もまとめて圧《お》し潰すような口調で彼女は言った。リカコ? そうかリカコのことか。名字で呼ぶ人間にはじめて逢ったので、うみの、という響きが頭の中でリカコに全然結びつかなかったのだ。

いや、そんなところに合点している場合ではなかった。

「……どこにいるか、ってどういうことですか」

僕は腰を浮かせて訊《き》き返した。するとマネージャーの目から怒りの表情がいきなり抜け落ちた。彼女は唐突に、きわめて事務的な角度で頭を下げてきた。

「申し訳ありません、事前連絡もなしに突然押しかけた上に、無礼を申しました」

まったくわけがわからなかったけれど、名刺を差し出されたらこっちも出してしまうのが社会人の哀しい習性だった。小坂井涼子《こさかいりょうこ》、というのが彼女の名で、リカコの所属しているプロダクションの社員、そしてリカコの専属マネージャーだった。

「もし海野がほんとうに蒔田さんのところにいる場合、前もって電話などでお訊ねすると逃げられてしまうかもしれないと思いまして、アポイントメントなしでお邪魔して、しかもかまをかけるようなことまでしました。お赦《ゆる》しください」

よくよく考えてみればだいぶどぎついことを小坂井さんはさらりと謝った。僕は混乱しきっていたので、アルバイトの子が応接室のドアをちょいちょいと指ささなければその場で小坂井さんを問い詰めていたかもしれなかった。

「海野の行方がわからないんです」

応接室のソファに座るなり彼女は言った。僕はえぐみのある唾を飲み下した。

「いつから……ですか」

「最後に連絡があったのは日曜です」

日曜。僕に電話をかけてきて、あの奇妙な会話をして、その二日後か。

「鍵を預かっているのでマンションにも行ってみましたが、部屋の様子からして、週末はスタジオから帰宅していたようです。ただ、旅行鞄《かばん》がひとつなくなっていました。クローゼットと衣装棚も戸が開けっ放しでした」

マネージャーとはいえそこまで目ざとくわかるものなのか、と僕は思った。それじゃあ日曜の夜にどこかに旅行に出かけて、そのまま——ということか。

僕が考えを巡らせていると、小坂井さんはかすかに目を細める。

「あまり驚かれないんですね」

「え、ええ」鋭い人だ、と僕は思った。「電話で話したとき、なんか変だったので」

「どう変だったんですか？　なにか言っていましたか、行き先に心当たりでも」

摑《つか》みかからんばかりの剣幕の彼女を落ち着かせ、僕はリカコとの最後の通話のことを話した。僕との個人的な領域に踏み込んでしまいそうな箇所はぼかしたけれど、それでも小坂井さんはだいたい読み取ってしまったようだった。わざとらしいため息の後で彼女は言った。

「失礼ですが、蒔田さんは海野とつきあっておられたんですか？」

僕は首を振った。

「そんな関係じゃないです」

「そうですか。あなたの話ばかりするので、たぶんつきあっているのだろうなと思っていたのですが……」

小坂井さんは神経質そうな手つきで前髪をかきわけた。

「でも、たしかにここ数日は様子が変でした。レコーディング中に行き詰まって躁鬱《そううつ》気味になるのはよくあることなのですが」

「よくあるんですか、あれ」

「ええ。完璧主義者ですから、アルバム制作中はまるで妊娠中の猫みたいにとげとげしくなります。しょっちゅうスランプになって、曲が良くならない、詞が出てこない、声が伸びない、と転げ回ってばかりです」

知らなかった。僕はほんとうに、リカコのことをなにひとつ知らなかったのだ。

それなのに、僕のつまらない仕事の行き詰まりについて愚痴った上に、リカコにはそんな悩みはわからないだろう、なんてことまで言ってしまった。耳が熔《と》け落ちそうなくらい恥ずかしかった。

「ふらっと消えて二、三日戻らないこともよくあります。いきなり温泉に行ったり、カリフォルニアのディズニーに遊びに行ったり、ドイツのビール祭りに出かけたり」

「じゃあ今回もそれじゃないんですか」

「いえ。今回ばかりはちがうんです」

小坂井さんはうなだれ、沈痛な表情で首を振った。

「私にメールがあったんです。ニューアルバムは白紙に戻す、ライヴの予定は全部キャンセルする、って。聞こえてしまったから、って」

僕は天井を仰いだ。

どこに行ったのかわかりませんか、聞こえたってなんのことですか、と小坂井さんが問う声が、まるで分厚い水の幕の向こうからみたいにぼやけて聞こえた。

＊

狭い業界なので、噂はすぐに広まった。昼過ぎに出社してきた制作部長の和田さんは僕の顔を見るなり訊いてきた。

「海野リカコ、おまえンとこに転がり込んだりしてねェのか」

僕はため息をついた。

「ひょっとしてみんな僕とリカコがつきあってると思ってるんですか？」

「ちがうのかよ？」

真っ暗な気持ちになった。これから事情を知っている関係者と顔を合わせるたびに同じことを訊かれるのか。

よく寄稿していた雑誌の出版社からもすぐに電話があった。

『蒔田おまえなにか知ってるんだろ？　ていうか居場所知ってんだろ、教えてくれよ、なあ、こんなでかいネタそうそうないぜ、恩返しだと思ってさ、なんでもいいから情報くれよ』

怖気《おぞけ》が立った。普段は仕事の発注者でしかない相手が、突如として牙を剝《む》いてハイエナの目を向けてきたのだ。僕はごまかしの言葉さえ思いつけず、そのまま電話を切って番号を着信拒否にした。原稿依頼は二度と来なくなるだろうけれど、そんなのどうでもよかった。

レコード会社プロデューサーの邦本《くにもと》さんからもその日のうちに電話があった。前回の窪井拓斗のデビューシングルの仕事で僕にプロデュースを頼んできた相手だったけれど、もちろん僕の話ではなくリカコの話だった。

『カコちゃんのプロデューサーが、もうかんかんになって電話してきてね』

「リカコの？　どうして邦本さんに？」

『カコちゃんが、あの、窪井拓斗のお蔵入り音源を勝手に聴いたらしくて』

そう言われて思い出す。あの音源は邦本さんの会社に保管されているのだ。

『あたしもさっき聞いてびっくりしてうちのスタッフに確認したんだけど、ほんとらしくて。ごめんね蒔田ちゃん、信用問題だわほんと』

「いえ、それはいいんです、それよりリカコのことなにか関係あるんですか」

『だから、あっちもそれを知りたがってたわけ。なにか関係あるのか、窪井とか蒔田はなにか知ってるんじゃないのか、ってあたしに噛《か》みついてきたの』

僕は電話を耳にあてたまま額をオフィスの冷たい壁に押しつけた。

なにも知りません、ほんとです、と嘘をついて電話を切る。

脳味噌が煮えそうだった。机に戻って原稿の続きを書く。一行進めるたびに背中が痛んだ。キーを叩くときに無意識に息を止めていたのだ。どうりで苦しいわけだ。それでも指が止まることはなかった。散文はこんなときでもちゃんと出てくる。文字と次の文字は、そのまた次の文字は、理屈でつながっているからだ。途中で糸が切れないように注意深く引っぱり出せばいいだけなのだ。音楽は無理だ。リカコの言った通り、僕はほんとうに音楽をやめてしまうかもしれない。

そのとき、意識の表面にまたのぼってきた言葉がある。

音楽やめるくらいなら、音楽やめるよ。

リカコ、どこにいるんだ？　あれはいったいどういう意味なんだ。

＊

原稿を書き終えて出版社にメールで送ると、家に戻り、奇多嶋《きたじま》ツトムに電話をかけた。売れっ子の映像作家だから多忙だろうし、そもそも日本に住んでいないので電話はつながらないかなと思ったが、意外にも四回目のコール音で彼は電話に出た。

『リカコ、きみのとこにいるのか？』

あんたもかよ、と僕は絶望の味を口の中で転がした。

「奇多嶋さんももう聞いてたんですね。いなくなったって」

『当たり前だろうが。あっちこっちの会社のお偉方から五十回くらい電話があったぞ。おまえんとこにリカコが逃げ込んでるんじゃないかって』

考えてみれば当たり前だった。離婚したとはいえ、かつて生活をともにしていた男なのだ。隠匿場所として真っ先に思いつく。

『マネージャーなんて、ねちねち疑ってくるんだ。あいつ、昔からおれのこと目の敵にしてたんだよな』

「奇多嶋さんに最後に連絡があったのはいつですか」

『先週の木曜だ』

かなり最近だった。僕との最後の通話の前日じゃないか。

『でもべつに大した話はしなかったぞ。おれがきみのプロデュースで作ったPV、あれについて色々聞きたがったから教えてやっただけだ。使ったプログラムのこととか』

僕は息をつく。そうとう追い詰められていたような雰囲気だったけど、なんでそんなこと知りたがったんだ？　自曲のPVの参考にでもしようと思ったのか。

『なんなんだよ。ほんとに、なにがあったんだよ？』

奇多嶋ツトムの声にいらだちがにじむ。

「僕もなにがなんだかわからないんですよ」

失踪発覚以来、はじめて僕よりもリカコに近いのではないかと思える人と接触したので、弱々しく正直な言葉が喉からずるずる出てきた。

「先週電話で話したのが最後で……そのときもリカコ、よくわからないことずっと言ってて、でもとにかく弱ってる感じで、そのくせ変にみなぎってて」

『ふん。うらやましいな』

「なにがですか」知らずと声がささくれ立つ。

『おれにはそんなことひとつも話してくれなかった。レコーディング期間中は家に戻ってきてもなんにも喋らなくなるんだ。きみには……話したんだな』

電話口なのに、僕は馬鹿みたいにぶんぶんと頭を振った。なんの慰めにもならなかった。だってリカコの言っていたことが僕にはひとつも理解できなかったのだ。話してくれなかったのと一緒じゃないか。

『あいつは、……いい女だったけど、……宇宙人だからな』

宇宙人、と僕は声に出さずに繰り返した。言葉が通じなくてもしかたない。

『でも元女房だ。マンションに行ってみるよ。マネージャーがあらかた家捜ししてるだろうが、なにかわかることもあるかもしれん』

「鍵、まだ持ってるんですか」

『離婚が急だったからおれの持ち物もみんな置きっぱなしだし、だいいち契約の名義も公共料金の支払いもおれのままだよ』

だいぶためらってから言った。

「僕も行きます」

『きみが来てどうする』

奇多嶋ツトムの口調が、ほんの少しでも責めているように聞こえたら、弱虫な僕はへこへこ頭を下げて引っ込んでいたかもしれない。でもこんなときに限って彼は驚くほど優しいのだ。

「僕にしかわからない手がかりがあるかもしれないです」

長い沈黙の後で彼は、息をついてから言った。

『目黒《めぐろ》駅だ。東口で待ってろ』

＊

リカコの住むマンションはＪＲ目黒駅から歩いて五分ほど、花房山《はなぶさやま》の静かな住宅街の一角にあった。赤煉瓦《あかれんが》造りを模した外壁は夕映えを浴びて洗いたての傷口みたいな色に染まっていた。目に映るなにもかもが不吉に思える。悪い傾向だった。

六階建てのこぢんまりとしたマンションなのに、エントランスにはコンシェルジュカウンターがあり、ベスト姿の品の良い女性が控えめな笑顔で奇多嶋ツトムに会釈した。

最上階の３ＬＤＫがリカコの部屋だった。あの性格だから雑誌や本や食べ物のゴミで散らかりきった様子を想像していたのだけれど、ＣＧでできているんじゃないかと疑いたくなるくらい整然と片づいていた。居間の円いガラステーブルも一人掛けのソファも壁際の80インチテレビも背の高い観葉植物も、どことなく白々しかった。カーテンの隙間から射《さ》し込む夕陽の角度さえ計算されて分度器できっちり測ったんじゃないかという気がした。

「離婚してから、マネージャーがしょっちゅう片づけにきてるらしい」

奇多嶋ツトムが居心地の悪そうな顔で電灯のスイッチをまさぐりながら言った。

「もともと、あんまりここで生活してないからな。こうやって際限なく気持ち悪いくらいきれいになってくんだろうな。おれの私物も捨てられてるかも」

蛍光灯が室内の暗がりを残らず薙《な》ぎ払ってしまうと、現実感が少しだけ戻ってくる。

奇多嶋ツトムは寝室に入り、衣装棚を開いて家捜しを始めた。僕は、家財を勝手に漁《あさ》っていいものかわからず、居間を歩き回って文字の書いてありそうなものを探した。たとえばホテルや新幹線、飛行機などの予約に使ったメモ。たとえば出かける前に目を通していたガイドブックや旅行誌。けれど、新聞も雑誌も、本も見当たらない。ゴミ箱は空っぽだった。

窓際の小さなデスクの筆記用具入れと卓上スタンドの間に、おそらくノートPCを置いていたのであろうスペースがあった。持っていってしまったのだろうか。ネットの接続履歴を調べられればかなり有力な手がかりになっただろうに。

部屋の隅のガラス戸つきのオーディオセットが目を惹いた。僕の背丈とそう変わらない一対のスピーカー、スーツケースくらいある巨大なアンプ。戸の前の床に無造作に積み重ねられたLPレコードとCDの塔。

歩み寄ってみる。

塔のいちばん上にのっている一枚は、見憶えがあった。忘れようもなかった。熱が内臓に少しずつ染みとおっていくような気がした。

立ち尽くす僕の背後から足音が近づいてきた。寝室から戻ってきた奇多嶋ツトムだった。僕の視線の先に気づき、腰を屈《かが》めてCDケースを取り上げた。開くと、中にディスクは入っていない。奇多嶋ツトムの手がCDデッキに伸びる。機器に次々と電力が送り込まれていく。かすかなノイズが部屋を満たし、肌をちりちりと焦がす。デッキの再生ボタンが押し込まれる。

チープな電子ドラムのリズムパターン、サンプリングしたギターの単調な刻み、そしてぎざぎざに加工された声。気づけば僕はラグに膝をついて、オーディオの液晶画面で跳びはねるイコライザ表示をじっと見つめている。

僕の声だ。

これは、僕が去年出したデビューアルバムだ。

だれよりも深く、音の一粒一粒まで知り抜いているはずの歌。それなのに、リカコの不在がそこかしこに染みついたこの部屋で聴いていると、遠い国の知らない言葉で歌われているみたいに響く。

リカコがここを出ていく前に、最後に聴いていた音楽──なのだろうか。

「なんにもないな」

奇多嶋ツトムがつぶやいた。僕はのろのろと首を巡らせて彼の横顔を見上げる。

「おれが見つけられそうなものは、なんにもない」

それだけ言って、彼は僕に目を向けてくる。

きみにしかわからない手がかりは、あったのか？　と、問いかけている目だ。だから僕は視線をそらしてしまう。

最初から考えてみるんだ。思い返すのがどんなにつらくても。

きっかけは、発売中止になったシングルだ。リカコはわざわざレコード会社に無理をねじ込んでまでマスターテープを聴いた。僕が完成させられなかったあの歌が、リカコの中のなにかを傷つけた。あるいは火をつけた？　そのふたつは同じことかもしれない。体内から突き破ってあふれ出るのを待っていたのだとしたら。届かない、足りない、とリカコはしきりに自分を責めていた。聞こえるのに、つかめない、と。

そしてレコーディング済みの自分のアルバム曲をみんな投げ捨ててしまった。あきらめたのだ。あきらめたくない、と言いながら。

前にも同じことがあった気がする。そう、彼女のセルフプロデュースによるアルバムを作るときだ。どうしても起用したいベーシストがいる、とわがままを言い出して、そのベーシストに頼めそうにないとわかったとき、リカコはきっぱりと言ったのだ。あきらめる。ベーシストを、ではなく、アルバム制作そのものを。

僕の中で、少しずつリカコの言葉がつながろうとしている。

聞こえている最高を、絶頂を、手にできないとあきらめて妥協するくらいなら、歌うこと自体をあきらめる。

音楽やめるくらいなら、音楽やめる。

ただの推測だった。仮定に仮定を積み重ねたあやうい物語だ。それに、正しかったとしてもけっきょく同じ行き止まりに戻ってくる。

それでリカコはどこに行ったんだ？

*

僕は真っ暗闇の中で目を醒ます。

枕元をまさぐり、携帯電話の感触を引っぱり寄せ、開く。画面の放つ光が僕の目を刺す。夜の一時だ。混濁した記憶が汗と一緒にあごから首筋に伝い落ちる。

思い出してきた。目黒駅で奇多嶋ツトムと別れ、すぐに部屋に戻ってきて気絶するように眠ったのだ。寝入るのが早すぎたせいで奇妙な時間に起きてしまった。

早すぎたせい？

いや、ちがう。

奇多嶋ツトムの話してくれたことの中で、なにかがずっと引っかかっていた。眠っている間に意識の中で沈殿したのか、ようやくつまみ上げることができたのだ。木曜日にリカコが電話をかけてきた、という話だ。彼は言っていた。ＰＶに使った画像処理プログラムについて訊かれたと。

なぜリカコが今になってそんなことを知りたがるのか。

リカコが僕にぶつけてきた想《おも》い、欲望、焦燥——それらを結ぶ直線をずっとずっと先に延ばす。延長線は、奇多嶋ツトムの語ったできごとと、ある一点で交わる。

寝転がったまま携帯を操作し、耳にあてた。

冬美《ふゆみ》さんはすぐに出てくれた。

『……シュンくん？　あのねえ、何時だと思ってるの？』

昔つきあっていた相手とはいえ、夜中の一時はたしかに非常識な時間だった。

「ごめん。でも、どうしても急いで確認したいことがあって」

蜻蛉《とんぼ》が止まる枝先を探している間のようなもどかしい沈黙がしばらくあった。

『正直に答えてほしいんだけど、私のこと、いつでも気軽に甘えられる都合のいい女だと思ってない？』

「少し思ってる」

正直に答えたら冬美さんはあきれた。

『そこは優しく嘘つくところでしょう！』

「今だいぶ余裕がないんだ。むしろ優しさが必要なのは僕の方なんだ、ほんとに悪いと思ってるけど」

『なんだかよくわからないけど、シュンくんへの貸しがたまる一方だよね』

「落ち着いた後で、なんでもするよ」

『シュンくんの「なんでもする」は聞き飽きたよ』

冬美さんはあきれた。でも声に苦笑が混じっていた気がする。

『それで、どういう用件なの』

「あの、冬美さんに頼んでPVに使わせてもらった画像処理ソフトのこと。ここ最近、ううん、先週の木曜日以降だと思うけど、あのソフトについてだれか音楽関係者が問い合わせてこなかった？」

冬美さんが驚きに目をしばたたく様子が見えた気がした。

『……うん。きたけど』

「若い女じゃなかった？」

声が高くなってしまう。

『なんでそんなこと知ってるの？　あの人シュンくんの知り合い？』

「そう、あの、いま詳しく説明できないんだけど、そいつどんなこと訊いたの？」

『プログラムのことってよりも、だれの紹介でPVに使わせたのかとか、それからシュンくんのことをずっと根掘り葉掘り。私とどういう関係なのかとか、なんかもう、子供みたいな喋り方する人で、私もなんでかけっこう正直に話しちゃったんだけど……』

「僕の……こと？」

『そんなに大したことは喋ってないけどね。だって私けっきょくシュンくんのことあまり知らないわけだし』

その通りだ。だから別れるしかなかったんだろう。礼を言って電話を切ろうとしたとき、冬美さんが言った。

『あれがシュンくんの好きな人なの？』

あなたがそんなにも頭が良くて優しいから、甘えてしまうんだ、と僕は思った。でも、もうこれでおしまいにしよう。みんな済んだら、残らず打ち明けて、高い寿司でもおごって、そうしてちゃんとした元恋人同士の男と女になろう。

「……そうだよ」

＊

電話を切り、すぐに奇多嶋ツトムにかけた。

『なにかわかったのか』

「いえ、ちょっと思いついたことがあって。奇多嶋さん、公共料金もまだ払ってるって言ってましたよね。ひょっとしてネットのプロバイダ契約も奇多嶋さん名義じゃないですか？」

『たぶんそうだな』

「それならリカコの使ってたメールサーバのパス、知ってるんじゃないですか」

電話の向こうで彼は息を呑《の》んだ。

『すぐ調べる。後でかける』

リカコの受け取ったメールを読めれば、なにかわかるかもしれないのだ。二十分くらい後で奇多嶋ツトムから電話があった。

『プロバイダメールはほとんど使ってないな。Ｇメールがメインだったんだろうが、そっちはおれも知らん。関係ありそうなメールは届いてなかった。迷惑メールと、ブログのニュース、あとはｉＴｕｎｅｓストアの購入履歴くらいで』

もしかして、と僕は思う。

ｉＴｕｎｅｓストア？

「なんの曲を買ってるんですか？」

『ん？……一曲だけだな』

奇多嶋ツトムは曲名を読み上げた。

Napalm Death/〝You Suffer〟

心臓が跳ねる。喋ろうとしても、声より先に吐息が残らず出ていってしまう。

その曲は——僕とリカコがただ一度だけ音を重ねた曲だ。

病身のベーシストを焚《た》きつけるために、地球半周の距離を結び合わせた、世界でいちばん速い歌。

電話を切り、目まぐるしく思考を巡らせる。たどってきた道のさらに先を探す。答えにはすぐぶつかった。時刻を確かめるともう夜中の二時を回りかけていたけれど、僕はかまわず瀧寺雅臣《たきでらまさおみ》に電話をかけた。出るわけがないだろう、と思いながら息を詰めてコール音を数える。

十二回目でつながった。

『なんでおまえがおれの携帯番号を知ってンだ』

もう何度も一緒に仕事をして電話をかけあっているのに、瀧寺さんは僕の方からかけると必ずこうやって毒づく。律儀に相手しているひまはなかった。

「お休みのところすみません」

『休んでねェよ。飲んでた。リカコの話か?』

話が早くて助かった。失踪の噂は業界中に知れ渡っているし、そこに僕が真夜中に息せき切って電話してきたらなんの用件かすぐに勘づくわけだ。

『あいつ、おれンとこに来たぞ』

「いつッ? いつですか!」

舌打ちが返ってくる。

『でけェ声出すんじゃねえよ。日曜だ。家にいたからな』

「日曜? あのっ、荷物持ってましたか? 旅行鞄とか」

『いや』

ということは消える直前か。瀧寺さんを訪ね、マンションに戻り、荷物をまとめてどこかに消えた。瀧寺さんが最後に逢った人間なのか。

「なんで瀧寺さんのとこに行ったんです、なんの用だったんですか? なにか話してませんでしたか」

『あいつほんとに消えたのか? アルバム制作で詰まってた? 信じられねえな。全然そんな様子じゃなかったぞ』

「だから! なんの用だったんですか!」

理不尽ないらだちを電話にぶつけた。瀧寺さんは三度の舌打ちの後で言った。

『楽譜をよこせって言ってきやがったんだよ』

「……楽譜？　なんの」

『おまえが盗作騒動でおれンとこに乗り込んできたとき、リカコがでっちあげた数字だらけの楽譜があっただろ。あれ持ってないかって。あんなん保管しとくわけねえだろうが。それでおれが、だいたいこんな感じだったろって適当に弾いてやったら、ちがう、そんなんじゃなかった、もっとすごかった、とか言い出して、しまいに自分で弾き始めて、なんなんだよあれは。あれがスランプで気に病んで逃げ出すやつの態度かよ？』

僕は呆然《ぼうぜん》として、思い出す。

リカコと僕の出逢い。僕らの出発点となった円周率の音楽。

いつ電話を切ったのかもよく憶えていない。僕は窓ガラスの向こうで白んでいく空をじっと見つめながら、記憶をたぐり、積み上げ、より分けた。

そうしてひとつの仮説にたどりつく。

リカコは、来た道を戻ったのだ。

迷ってしまったから、僕が彼女にぶつけてきたいくつもの音楽を道しるべにして遡り、自分がたしかにつながっていると確信できる場所まで戻ろうとした。僕ら二人のはじまりの曲に立ち帰り、どこまでも続く円周率を——神さまの音楽を逆にたどり、最初の桁の3の左側に永遠に連なっているゼロをたどり……

それで彼女はどこに行ったんだ?

僕は目を閉じ、首を振ってうなじをシーツにこすりつけた。

やめよう。もう考えるのはやめよう。こんなの、つまらない言葉遊びじゃないか。

神さまの音楽?

リカコ、きみに聞こえてしまったのはそれか?

どれだけ声を嗄《か》らしても、血を吐いて弦を掻きむしっても届かないから、この世のどこかにあるかもしれないヤコブの梯子《はしご》だかジャックの豆の木だかを探して旅に出てしまったのか。

目の前にきみがいるならこう言ってやる。それはまぼろしだ。妄想なんだ。頭の中でだけなら、音楽はどこまでもどこまでも最高になれる。夢を見ればいいだけだ。手が届かないのは当たり前なんだ。そんな幻聴になんの意味があるんだ? 僕らは現実の空気を震わせて、現実に生きる人々に届けなきゃいけない。きみはそれをあきらめと呼ぶかもしれない。妥協と呼ぶかもしれない。でも僕らに翼はないんだ。空は飛べないんだよ。僕らにできることはほんのひとときの跳躍だけで、そのためには足下にある土を蹴るしかないんだ。何度でも、何度でも。

目を開いた。

曙光《しょこう》の切れ端が僕の目を突き刺した。

立ち上がり、脚にからんでいた毛布を払いのけ、枕元のスタンドからギターを取り上げた。ストラップが肩に食い込む、久しぶりの心地よい痛み。

積み上げられた雑誌の山の間から、小さなICレコーダーを掘り出す。ひとつの音符も記されていない五線譜をその隣に広げる。

リカコ、きみがどこにいるのかはわからない。

どれほど遠い昔の分かれ道まで戻ってしまったのか、知る術もない。

きみがいつかまた歩き出すことを祈るしかない。

そのとききみがまた迷わないように、僕は地図を描くよ。僕の二枚目のアルバムだ。音楽なら、世界中どこにでも届く。曲順だってもう決めてある。一曲目は即興曲《トッカータ》だ。きみが円周率の中から削り出して、僕が弾いた。二曲目は併唱歌《クオドリベット》。僕らははじめて音を重ねた。三曲目は循環曲《パッサカリア》。きみにはじめて掻き傷を残した。四曲目の断章曲《モヴィメント》もつぎはぎして形にしよう。五曲目の名前はきみが帰ってきたときのために空けておく。

ねえ、僕らは語りすぎた。音楽家のはずなのに、物語に酔いすぎてしまった。きみを連れ去った浮ついた夢を、僕はリアルな音の中にもう一度閉じ込めてやる。きみがそれをたしかにたどって、踏みしめて、ここにまた帰ってこられるように。

レコーダーの電源を入れ、喉を通って湧きあがってくる熱いものの中から、最初の和音を探り出す。

リカコをもう一度、現実の音楽で打ちのめして、憧れで焦がれさせるために、僕はまた歌い始める。

＊

デモテープ段階での収録曲の選定、ＰＣとにらめっこの編曲、そしておよそ一ヶ月半のレコーディングを終えれば、もうアルバムは僕の手を離れてしまう。きれいにラッピングされ、浮ついた修辞を巻きつけられ、半分は流通の海に、もう半分は電子の海に漕《こ》ぎ出す。

これ売れるのかよ、と和田さんは最後まで渋い顔をしていた。おまえ、ちゃんと商売のこと考えて作ったのか？　個人的な感情込めすぎてねえか？

売りますよ、と僕は答える。売れる、というのは、届く、ということだ。届いて、響いて、震わせたということ。だれかの心を、とても現実的に。どこにいるのかもわからないリカコのもとに届けるためには、せいいっぱいの声でなるべく遠くにまで響くように歌うしかない。

発売の前の週に、一度だけリカコの携帯にメールした。もちろん返事はなかった。週刊誌やスポーツ新聞の記者たちはまだ僕のまわりを嗅ぎ回っていた。行方がわからなくなってから数ヶ月が過ぎたけれど、まだニュースバリューを失わないようだった。今回のアルバムはリカコに宛てたメッセージなんです、なんて記者どもに教えてやれば宣伝になるんじゃないか、と意地汚いことを考えられるくらいには僕も強くなっていた。やらないけど。

*

アルバムを聴いた瀧寺さんは、おれがプロデュースすりゃもうちっと売れてただろうに、などと言う。まだ発売していないのにあいかわらずな人だ。

奇多嶋ツトムにも聴かせた。きみはちょっと図々《ずうずう》しさが足りないな、と彼はメールに書いてよこした。せっかくおれっていう天才にコネがあるんだからPVを頼めよ。おれが撮れば十倍売れたぜ。まあ請けないけどな。

発売日にひまを作ってしまってそわそわし続けるのもいやだったので、大量に仕事を詰め込んだ。休んだ分だけ失ってしまったお金と信用も取り戻さなきゃいけなかった。キーボーディストとしてレコーディングに呼ばれ、夜の八時に家に戻ってきたらコンペ用のデモテープを作り、それが終わったら今度は別会社の審査する側となって大量のデモを聴く。耳がくたびれてきたら雑誌の記事を書く。たまにネットでランキングを確認する。リカコの失踪はしつこくニュースをくすぶらせ続けている。僕の名前はまだ出ていない。騒ぎたいやつはなにも知らずに騒げばいい。これは僕らの問題なのだ。そう自分に言い聞かせ、ノートPCに突っ伏して眠る。

＊

リカコは夢に一度も出てこない。僕の無意識はそこまで便利にできていない。でも眠らないわけにはいかない。砂岩と茨だらけのかさついた夢を、日ごとやり過ごすしかない。どんな夢の中でも僕は黙々と歩いている。見知らぬ景色の中を、太陽に背を向けて、自分の影を踏みつけながらひたすら歩いている。たぶん、生まれ故郷に向かっているのだ。自分がどんなふうに道を見失ったのか確かめるため、最初の分かれ道まで戻っているのだ。ということは僕はまた間違えたのだろうか。リカコはけっきょく消えたままなのだろうか？

目を醒ます。

僕の部屋だ。

雑然としていて眠たげで居心地の悪い、夢の外側。冷え切っている。いつの間にまた冬がやってきたんだろう。

フローリングの床に落ちたぬるい陽《ひ》だまりの中でゆっくり泳いでいる埃を数えながら、僕はリカコのことを考える。

宇宙人、と奇多嶋ツトムは言った。僕もそんなふうに考えていたときがあった。なにを喋っているのか、なにに怒ってなにに笑って、なんのために涙を流すのか、まるで理解できなかった。でも、今はちがう。リカコは僕らと同じ人間だ。ただ、あまりにも純粋で、透き通ってしまうくらい純粋で、体内で燃えている恋心も楽想も同じひとつの炎にしか見えなくて、彼女自身にさえ区別できていなかっただけだ。近くで見れば、たしかにこの現実の地球に生きている現実の女の子なのだ。

＊

日々は過ぎ、僕のアルバムはあっという間にチャートを滑り落ちていき、人々の記憶からも消えていった。仕事の依頼が以前のように、いや以前よりもたくさん押し寄せてきて、僕は忙しさの中に呑み込まれる。

リカコの不在はやがて新しい痛みをもたらさなくなった。慣れたわけではない。忘れてしまったわけでもない。僕の中の彼女のための部屋に鍵をかけてしまったからだ。

ただ、そこに運び入れる予定だった家具や荷物が廊下に積みっぱなしになっているせいで、僕は毎日その不在をじかに感じ続けなければいけなかった。彼女はここにいないし、どこにいるのかも今はわからない。

哀しみを空き部屋に流し込んで満たしてしまえば、ひとときの苦痛を経て、じきに忘れることができたかもしれない。そうするかわりに僕はその喪失感を、ソリッドな現実として受け止めることにした。空っぽを埋めずに空っぽのままにしておけば、それはリカコの形をした空っぽであり、存在しているのとそれほど違いがない。もちろん触れることもできないし、底冷えのする寂しさを紛らわすこともできない。それでも慣れて忘れるよりはずっとましだった。

その気になれば僕は彼女に逢いにいくことができた。CDをデッキに押し込んで再生ボタンを押すだけだ。苦味たっぷりのピアノリフの上でリカコは歌い始める。僕は彼女の姿を、笑い方を、怒った顔を、振り返ったり向き直ったりを繰り返しながら三歩先をあるく様子を、ギターを爪弾く指先を、はっきりと思い浮かべることができる。CDが回り続ける五十分間だけ、僕はリカコとともに過ごし、体温を重ね合わせていられる。

アルバムが終わり、静寂がやってくる。

リカコはもう戻ってこないのかもしれない、と思う。

僕は彼女のことをなにも知らなかったのだ。たどったつもりの足跡は、ただ僕自身の願望の染みついた痕だったのかもしれない。

それでも僕にはどうしようもなかった。逢いたい気持ちも、彼女に話したいことも、訊きたいことも、分かち合いたいことも、みんな歌に焼きつけてしまった後だ。もう僕にできることはひとつしか残っていなかった。耳を澄ませること。

毎日のレコーディングや打ち合わせ、原稿書き、つまらない酒の席、会社の人間や同業者たちとのささいなぶつかり合い……そういったできごとの間を流されながら、僕はただ耳を澄ませる。どれほど遠くのかすかな声も聞き漏らすことのないようにと。

だれも僕の名前を呼ばない。

だれも僕を求めたりしない。

名前も温度もない時間が僕のまわりをやるせなく漂い過ぎていく。

*

けれどあるとき、携帯電話が震えて歌い出す。甲高く無機質な音で。僕は薄闇の中で目を醒まし、枕元の光をまさぐる。拾い上げ、液晶画面に表示された名前を何度も何度も目でたどり、確かめ、大きく息を吐き出し、そっと耳にあてる。

『蒔田さん、いま家にいるの？』

リカコがいきなり言う。僕は覚醒からこの瞬間まで、できたての記憶を指でなぞって確かめる。信じられなかったからだ。あれだけ自分に必死に言い聞かせていたのに、彼女の声が現実であることがすぐには呑み込めなかったのだ。

「……いるよ。おかげさまで快適な目ざめだよ。目も頭も痛い」

『あはは。昼まで寝てるからだよ。わたしはもうチェックアウトしたところ』

現実だ、と僕は思った。リカコの声の背後で、車の音や、踏切の警報音がかすかに聞こえる。携帯を耳に強く押し当てたせいで、僕の心臓の音も聞こえる気がする。ここは現実の僕の部屋だ。薄暗いのはカーテンを閉め切っているせいだ。僕は窓に手を伸ばし、カーテンの合わせ目に指を差し入れた。外の光が目を刺す。涙が出そうになる。冬の終わりのくっきりした藍色の晴天が見える。リカコが言う。

『蒔田さんの描いてくれた地図の通り——でもないけどっ、だいぶ遠回りして時間がかかっちゃったけど、帰ってきたよ。現金なくなっちゃったっていうのと、もういいかげん同じ服ばっかり洗濯して着回すのがいやになったってのと、うん、色々あるんだけど、とにかくとにかく帰ってきたよ』

「みたいだね」

間の抜けた言葉しか出てこなかった。僕はカーテンを押しのけ、左手を陽の中に差し出し、手のひらにたまった熱をそうっと握りしめる。

『……やっぱり怒ってるの？』

リカコの声が少し揺らめく。

「怒ってないよ。どうして?」

『だって、わたしものすごく迷惑かけて』

「リカコはたしかに何千万人も迷惑かけて何千億円も損害を出したかもしれないけど僕の知ったことじゃない。僕には迷惑なんてかかっていない」

『うぅ、慰めてるんだか責めてるんだかわからないよ』

「どっちでもない。冗談が下手なだけだよ。今どこにいるの?」

リカコはしばらくの間黙ってしまった。言いよどんでいるのではない。たぶん、ほんとうによくわからなくてあたりを見回しているのだ。

『……どこにいるかわかる?』

「さあ。でも、少なくとも日本だよね。たしか外国の踏切はもっとガンガンやかましかったはずだし」

『電話ってけっこう後ろの音も聞こえるんだ! ねえ、じゃあじゃあ、蒔田さん近くにギターかなにかある?』

「どうして」

僕は枕元のギタースタンドに立てかけたギブソンのJ45に目をやる。手を伸ばせば、すぐにでもつかめる。

『なにか弾いてよ。歌いたい』とリカコは言った。『わたし今、ものすごく歌いたいの。なんでもいい。蒔田さんのギターで歌いたい』

電話越しに？

そんなわけのわからないわがままを言う前に、もう少し色々と言うべきことがあるんじゃないのか？　と僕は思った。

でも、言葉にはならなかった。

携帯を肩と耳の間に挟んでギターを取り上げ、調弦した。言葉は後回しでいい。歌うんだよ。今は歌うんだ。これが海野リカコなんだ。僕の知らなかった、今ようやく知った、ほんとうのリカコだ。

帰ってきたんだ。

ざらりとした和音を爪で掻き鳴らす。

僕らの間の距離を少しずつ刻み、削るようにして、打ち寄せる波のリズムで。

リカコの足音が弾み、拍が重なる。

……重なる？

そんなわけがない。携帯電話どうしなのだ。ほんのコンマ数秒のタイムラグがある。

その差がグルーヴを走らせる。

ハミングが耳をくすぐる。

リカコが歌い出す。どこか遠くで、そして僕の耳元で。低音がかすれたせいで五百倍くらいノスタルジックな声で。僕の中で脈打つ旋律と彼女の歌声とは、わずかにずれたまま輪唱曲《カノン》となって響き合う。一対の線路みたいに、けっして触れあいはしないけれど、離れることもなく、ずっと寄り添って続いている。どこまでも、どこまでも……。

*

やがて現実が再び僕らをとらえる。やかましい電車の音と、リカコの笑い声とが歌を断ち切る。駅に着いちゃった、と彼女は言う。みんなこっち見てるよ、当たり前だよね、めっちゃ恥ずかしい。うわ、写真撮られてる。わたしだって気づかれたみたい。

もう電車乗るよ、新宿に着いたらまた電話するね。

逢いたいよ。早く蒔田さんに逢いたい。色んな話をしたい。いっぱいいっぱい話すことがあるの。聞きたいことも。だから——

肩から携帯が滑り落ち、ギターが膝の上で仰向《あおむ》けに倒れる。

僕は小さな陽だまりの中で残響に耳を澄ませる。電話が切れれば歌が聞こえなくなる、それがこんなに嬉しいなんて思わなかった。夢じゃない証拠だから。もう眠りに逃げ込むためだけに目を閉じなくていい。つながっている。

僕は懐かしい古い歌を口ずさみながら立ち上がり、窓を開いた。心地よく冷たい風が入り込んできて、僕の歌声をすくい取り、硝子の海みたいに固く晴れた二月の空へと吹き散らしていった。

あとがき

『小説すばる』から原稿依頼をいただいたのは、もう十年以上も前のことになる。

声をかけてくれた初代担当編集が僕の書く音楽ものを気に入ってくれていて、打ち合わせの席で「それなら音楽を題材にした『美味《おい》しんぼ』みたいな話はどうでしょうか、トラブルが起きると最後は全部音楽で解決する、という……」と言ってみたところ大層食いつかれ、そのまま実現してしまったのが本作である。実際に、『小説すばる』編集部内では『音楽美味しんぼ』の企画名で通っていたと聞く。

十年以上の時を経てこうして文庫に収録していただくことになり、文章をチェックがてら読み返してみると、たしかに第二話には明確な『美味しんぼ』のテイストがある。〇日後に来てください、ほんとうの〇〇を聴かせてあげますよ……という流れが、まさに山岡士郎《やまおかしろう》節だ。

しかしその後さすがに同じ路線で続けるのは厳しかったらしく、トラブルシューター色はなりをひそめ、プロデューサーを主役に据えた音楽業界小説に落ち着いた。

とくに第四話は、二代目担当編集の好みを全面的に採用した新キャラクターを軸に書き上げた一編で、個人的な思い入れも深い。こうして文庫収録でまた新しい読者の目に触れる機会を作ってもらったことをとても嬉しく思う。

だいぶ昔に書いた小説なので、細かい部分でやはり時代の隔たりを感じさせるところが目につく。CDで音楽を聴いていたり、一曲買い切りのダウンロード販売だったりといった描写はサブスクリプションが中心となった二〇二〇年代からするとなんだかもう白黒映画くらい古びて見える。

また、主人公が『携帯電話』を使っているという描写も時の流れに思いを馳《は》せずにはいられない。

これが、全編にわたって『携帯電話』しか出てこないのであれば、スマートフォンも含めた電話機能付きモバイル全般を携帯電話と総称しているのだと強弁して時流に抗《あらが》えたのかもしれないが、残念なことに第四話で一箇所だけリカコが『スマートフォン』を持っているという記述が登場しており、これによって主人公が使っているのが今で言うガラパゴスなフィーチャーフォンであることが確定的となってしまった。

二〇一〇年代初頭といえば、そうそう、たしかにまだスマートフォン寡占社会への過渡期であり、僕も主人公同様に『ケータイ』を使っていたものである。

なんだか心にもない遺憾の念を長々と述べてしまったが、もちろん本気で残念がっているわけではなく、時勢を写す貴重な資料にもなるかもしれないなと感慨に耽《ふけ》っているだけだ。このあたりの描写も含め、内容には一切変更を加えなかった。今回行った修正は文庫本の字組に合わせた文章レイアウトの調整のみとなっている。

文庫化にあたって、「タイトルはどうしますか？　変えますか？」と集英社文庫の担当編集から確認された。

本作『神曲（かみきょく）プロデューサー』は、僕の作家生活の中でも最も決めるのに苦しんだタイトルであり、最終的には初代担当編集のアイディアと自分の思いつきの合作みたいな形となった。当時は楽曲を過剰に褒め称《たた》える用途での『神曲《かみきょく》』という言い回しがちょっと流行《はや》っていたのだ。

この表現、最近はめっきり聞かなくなり、たしかに少々古くさい。そこで文庫担当編集も変更の可能性を一応は確認してきたわけだ。

しかし実は、僕は単行本発刊当時からこれを『神曲《しんきょく》』と読んでいた。ダンテ・アリギエーリの『神曲《しんきょく》』である。実際に主人公は精神的な地獄の底まで墜《お》ちた後で彼にとってのベアトリーチェである女性リカコを追いかけて神さまの領域にまで昇ってしまうのだから『神曲《しんきょく》』の方がふさわしい。

……というのはこのあとがきを書くにあたってでっちあげた後付けの理由で、ほんとうのところは『かみきょく』の語呂が悪くて発音しにくかったせいである。

文庫化にあたり、字面はそのままに読みだけを『しんきょく』に改めることにした。文庫化にあたって改題するというのはたまに聞くが、読みだけが変わるというのは史上初ではないだろうか。もし先例があったら伏してお詫《わ》び申し上げる。

本作の英題〝Divine Melody Producer〟は『神曲』の英題〝Divine Comedy〟をもじったものであり、我ながら上手《うま》いパロディだと思っているのだが、自分で言わないとだれにも気づかれずに忘れ去られるおそれがあるため、恥知らずにもこのあとがきの場を借りて堂々と自慢させていただく。

最後に、『小説すばる』初代担当編集、二代目担当編集、単行本担当編集、そして集英社文庫担当編集、ほか出版に携わる多くの方々にも、この場を借りて厚く御礼申し上げる。ありがとうございました。

二〇二三年十二月　杉井　光

解　説

柴　那　典

音楽を言葉にするのは難しい。

より正確に言うと、音楽がもたらす感動や興奮、思わず泣きそうになるくらいの胸の震えや、無意識のうちにステップを踏んだり拳を握りしめていたりするようなときの鼓動の高まりを、文章で表現するのはとても難しい。

なので「音楽について書く」という試みは、得てして「自分のことを書く」ということに結びつく。どう感じたか。何が特別だったのか。音楽そのものというより、主観的な思いを書き連ねていくことになる。

ポップミュージックについて書くならば、たとえばジャンルや年代から分類するという方法もある。どこを拠点に活動しているのか、どんなアーティストに影響を受けたのか。そういう文脈をつなげていくことでアーティストやその作品を紹介する。

音色やリズムパターンのスタイルを詳述したり、スタイルを解説するという手法もある。メロディや和音それ自体を記号として記述すると単なる楽譜になってしまうのだが、

「サイケデリックな」とか「メロウな」とか、そういう英単語を使いながら特定の雰囲気をイメージさせるパターンもある。もちろんヒットチャートで1位だとか、何百万枚売れた、何億回再生されたとか、そういう記録や数字を示すやり方もある。

なんにしろ、難しいのは、何をどう書いてもありきたりのものになってしまいがちなことだ。かと言って、大袈裟な形容詞を連ねれば連ねるほど、自分語りは独りよがりになってしまう。なので、無理は承知の上で、自分が感じた興奮や感動に、言葉を使ってできるだけ近くまでにじり寄っていこうとする。

そういう文章を書くのが本書の主人公の蒔田《まきた》シュンが片手間の一つにやっている「音楽ライター」という仕事だ。

筆者も二十年以上それをやっている。なのでこの『神曲プロデューサー』を読むときには、ある種、同業者的な視点が混ざってしまう。

その上で「おおっ！」と思ったのは、なかなか言葉にはしづらい「音楽の持つ特別さ」や「神秘」のようなものがストーリーを駆動するエネルギーになっているということだった。しかも、それが音楽を構成する様々な要素に由来している。

たとえば主人公が歌姫・海野《うみの》リカコと出会う「超越数トッカータ」では、キーになるのはメロディとコード進行。ちなみに本書に出てくる「F、G、C、Am」と「Am、Em、Am、F」という進行はセリフにある通りどちらもポップスにはよくある王道の進行のひとつだ。

たとえば「両極端クオドリベット」は音色とグルーヴ。余命わずかの老ベーシストというキャラクターをフィーチャーしたのは、低域を支えると共にリズム隊としても機能するベースという楽器の特性を踏まえているがゆえだろう。

たとえば「恋愛論パッサカリア」はエンジニアリング。声や生音の加工やエフェクトが楽曲制作のキーになるというのはヒップホップやEDM以降の現代のポップミュージックの常識のひとつであるわけだが、それを踏まえた筋書きになっている。

「形而上モヴィメント」は昨今の音楽シーンにおいてはほとんど見られないくらいの気難しく我儘な新人アーティストとそれを売り出そうと画策する事務所やレコード会社との葛藤という筋書きから、「初期衝動」という言葉でしかなかなか言い表せない特別なきらめきに迫るストーリーだ。

そして「不可分カノン」では音楽に魅せられたアーティストの天才性そのものがキーになっている。

なので、本書は音楽業界を舞台にした短編集でありつつ、「音楽そのものが持つ神秘や特別さ」の謎に迫るミステリ的な一冊にもなっている。

こういう仕掛けを見出すことができる作品という意味でも、『世界でいちばん透きとおった物語』の杉井光氏らしい小説とも言えるのではないだろうか。

そもそも杉井氏にとって音楽というのは近しい題材である。

２００６年に『火目の巫女』（電撃文庫）にてデビューして以来、『楽園ノイズ』や『さよならピアノソナタ』や『東池袋ストレイキャッツ』など、バンドやストリートミュージシャンやネット音楽カルチャーを題材にした数々の小説を発表してきた。

杉井氏自身にもミュージシャンの経験がある。高校卒業後にアルバイトをしながらプロデビューの夢を抱えてアマチュアバンドでキーボードを弾いていたとインタビューやエッセイなどで語っている。資料と称して買い集めた音源や楽譜を経費として落とすためと言いつつ「音楽ものは今後一生書き続けるつもり」と語った発言もある。

そういう杉井氏の〝音楽愛〟がそこかしこに見え隠れするのがポイントでもある。

本書は、それまで主にライトノベルレーベルを中心に作品を発表してきた杉井氏が、一般文芸誌への進出を果たした作品。「超越数トッカータ」の初出は『小説すばる』の２０１１年６月号、「不可分カノン」の初出は同２０１３年４月号ということで、執筆はその頃のことだろう。

文庫版が刊行された２０２４年の時点から振り返ると、音楽業界を巡る状況にはいくつかの変化が生じている。２０１０年代前半の音楽シーンやマーケットがどんなものであったかを踏まえると本書の理解がより深まるだろうと思うので、そのあたりにも触れておきたい。

まず「超越数トッカータ」にある「音楽配信サイトのダウンロードランキングで1位」という記述について。2010年代初頭というのはまだCD全盛期で、AKB48を筆頭としたアイドルグループの特典商法によって100万枚セールスを超えるシングルが続出していた頃だ。その一方で、巷で本当に流行している歌が何かを知るためにダウンロードランキングが有効だった時代でもある。各音楽配信サイトが乱立し「ダウンロードランキング◯冠!」といった宣伝文句も多くみられた。

ただ、2010年代の中盤からはApple MusicやSpotifyなどのストリーミング配信サービスが登場し、本格的な普及に至った2020年代からはヒットの基準は売り上げの数字から再生回数へと移行。「ストリーミング◯億回再生!」といったフレーズが飛び交うようになる。

「恋愛論パッサカリア」は女性アイドルグループをモチーフにしたストーリーだが、ももいろクローバーZなどのブレイクによって「地下アイドル」や「ライブアイドル」と呼ばれるグループが次々と頭角を現しアイドルシーンが活性化したのが、やはり2010年代前半の頃だ。

そして「不可分カノンン」で主人公が田舎の実家に帰って自室から取り出したカセットテープにあるアーティスト名は「ユニコーン、ブルーハーツ、ジュン・スカイウォーカーズ、ブランキー・ジェット・シティ」。どのバンドも80年代後半から90年代前半にかけてのバンドブームの時代に頭角を現したロックバンドたちだ。このあたりのセレクトは「2010年代前半に30代の音楽プロデューサーが青春時代に好きだったラインナップ」としての時代的な説得力がある。もしくはひょっとしたら杉井氏の好みなのかもしれない。

また、本書のヒロインである「アルバム売り上げ日本記録を有する歌姫」の海野リカコは、おそらく宇多田ヒカルをモデルにしたキャラクターだろう。

本作終盤には「音楽やめるくらいなら、音楽やめるよ」というリカコの印象的な発言もある。宇多田ヒカルは2010年に「人間活動」と称して無期限のアーティスト活動休止を発表している。その後2016年に復帰し活動を再開するのだが、本作が書かれたのが「宇多田ヒカル不在」の期間だったということも、実は興味深いポイントなのではないだろうか。

そして、本書の主人公の蒔田シュンのような「便利屋」って、音楽業界に本当にいるんでしょうか？　ということについて。ここまでの特別な才能の持ち主かどうかは別として、これは「いる」と言わざるを得ない。筆者の直接の知り合いにもそういうタイプはいるし、そういう、よく言えば自由な、でも実情のところはいい加減な業界でもある。そういうところにもリアリティを感じる作品でもあった。

（しば・とものり　音楽ジャーナリスト）

本書は二〇一三年七月、集英社より刊行されました。

初出誌「小説すばる」
超越数トッカータ　二〇一一年六月号
両極端クオドリベット　二〇一二年七月号
恋愛論パッサカリア　二〇一二年十月号
形而上モヴィメント　二〇一三年一月号
不可分カノン　二〇一三年四月号

本文デザイン／川谷デザイン

集英社文庫　目録（日本文学）

集英社文庫　目録（日本文学）

集英社文庫　目録（日本文学）

瀬戸内寂聴　晴美と寂聴のすべて2（一九七六〜一九九八年）
瀬戸内寂聴　わたしの源氏物語
瀬戸内寂聴　寂聴源氏塾
瀬戸内寂聴　寂聴仏教塾
瀬戸内寂聴　まだもっと、もっと 晴美と寂聴のすべて・続
瀬戸内寂聴　わたしの蜻蛉日記
瀬戸内寂聴　寂聴辻説法
瀬戸内寂聴　ひとりでも生きられる
瀬戸内寂聴　求愛
瀬戸内寂聴 美輪明宏　ぴんぽんぱん ふたり話
瀬戸内寂聴　決定版 女人源氏物語 一〜五
曽野綾子　アラブのこころ
曽野綾子　人びとの中の私
曽野綾子　辛うじて「私」である日々
曽野綾子　狂王ヘロデ
曽野綾子　観月観世 或る世紀末の物語
平安寿子　恋愛嫌い
平安寿子　風に顔をあげて
平安寿子　幸せ嫌い
高倉健　あなたに褒《ほ》められたくて
高倉健　南極のペンギン
高嶋哲夫　トルーマン・レター
高嶋哲夫　M8 エムエイト
高嶋哲夫　TSUNAMI 津波
高嶋哲夫　原発クライシス
高嶋哲夫　東京大洪水
高嶋哲夫　震災キャラバン
高嶋哲夫　いじめへの反旗
高嶋哲夫　交錯捜査 沖縄コンフィデンシャル
高嶋哲夫　ブルードラゴン 沖縄コンフィデンシャル
高嶋哲夫　富士山噴火
高嶋哲夫　楽園の涙 沖縄コンフィデンシャル
高嶋哲夫　レキオスの生きる道 沖縄コンフィデンシャル
高嶋哲夫　バクテリア・ハザード
高杉良　管理職降格
高杉良　小説 会社再建
高杉良　欲望産業(上)(下)
高瀬隼子　犬のかたちをしているもの
高梨愉人　二度目の過去は君のいない未来
高野秀行　幻獣ムベンベを追え
高野秀行　巨流アマゾンを遡《さかのぼ》れ
高野秀行　ワセダ三畳青春記
高野秀行　怪しいシンドバッド
高野秀行　異国トーキョー漂流記
高野秀行　ミャンマーの柳生一族
高野秀行　アヘン王国潜入記
高野秀行　怪魚ウモッカ格闘記 インドへの道
高野秀行　神に頼って走れ！ 自転車爆走日本南下旅日記

集英社文庫 目録（日本文学）

- 高野秀行 アジア新聞屋台村
- 高野秀行 腰痛探検家
- 高野秀行 辺境中毒！
- 高野秀行 世にも奇妙なマラソン大会
- 高野秀行 またやぶけの夕焼け
- 高野秀行 未来国家ブータン
- 高野秀行 謎の独立国家ソマリランド そして海賊国家プントランドと戦国南部ソマリア
- 高野秀行 恋するソマリア
- 高野秀行 清水克行 世界の辺境とハードボイルド室町時代
- 高野秀行 清水克行 辺境の怪書、歴史の驚書、ハードボイルド読書合戦
- 高野麻衣 F ショパンとリスト
- 高橋一清 編集者魂 私の出会った芥川賞・直木賞作家たち
- 高橋克彦 完四郎広目手控
- 高橋克彦 天狗殺し 完四郎広目手控II
- 高橋克彦 いじん幽霊 完四郎広目手控III
- 高橋克彦 文明怪化 完四郎広目手控IV

- 高橋克彦 不惑剣 完四郎広目手控V
- 高橋源一郎 ミヤザワケンジ・グレーテストヒッツ
- 高橋源一郎 競馬漂流記 では、また、世界のどこかの観客席で
- 高橋源一郎 銀河鉄道の彼方に
- 高橋千劔破 江戸の旅人 大名から逃亡者まで30人の旅
- 高橋三千綱 和三郎江戸修行 脱藩
- 高橋三千綱 和三郎江戸修行 開眼
- 高橋三千綱 和三郎江戸修行 愛憐
- 高橋三千綱 和三郎江戸修行 激烈
- 高橋三千綱 少年期「九月の空」その後
- 髙橋安幸 根本陸夫伝 プロ野球のすべてを知っていた男
- 高見澤たか子 「終の住みか」のつくり方
- 高村光太郎 レモン哀歌―高村光太郎詩集
- 高山羽根子 カム・ギャザー・ラウンド・ピープル
- 瀧羽麻子 ハローサヨコ、きみの技術に敬服するよ
- 瀧本哲史 読書は格闘技

- 武井照子 あの日を刻むマイク ラジオと歩んだ九十年
- 竹内真 粗《そ》忽《こつ》拳《けん》銃《じゅう》
- 竹内真 カレーライフ
- 武内涼 はぐれ馬借
- 武内涼 はぐれ馬借疾風の土佐
- 武田綾乃 バブル
- 武田晴人 談合の経済学
- 竹田真砂子 牛《うし》込《ごめ》御《ご》門《もん》余《よ》時《じ》
- 竹田真砂子 あとより恋の責めくれば 御家人大田南畝
- 竹田真砂子 白春
- 竹田津実 獣医師の森への訪問者たち
- 竹田津実 獣医師、アフリカの水をのむ
- 竹林七草 お迎えに上がりました。 国土交通省国土政策局幽冥推進課
- 竹林七草 お迎えに上がりました。 国土交通省国土政策局幽冥推進課2
- 竹林七草 お迎えに上がりました。 国土交通省国土政策局幽冥推進課3
- 竹林七草 お迎えに上がりました。 国土交通省国土政策局幽冥推進課4

集英社文庫 目録（日本文学）

竹林七草　お迎えに上がりました。国土交通省国土政策局幽冥推進課5
竹林七草　ホラー作家八街七瀬の、伝奇小説事件簿
竹林七草　お迎えに上がりました。国土交通省国土政策局幽冥推進課6
竹林七草　お迎えに上がりました。国土交通省国土政策局幽冥推進課7
嶽本野ばら　エミリー
嶽本野ばら　十四歳の遠距離恋愛
太宰治　人間失格
太宰治　走れメロス
太宰治　斜陽
田崎健太　真説・長州力　1951-2018
田崎健太　真説・佐山サトル　タイガーマスクと呼ばれた男
田尻賢誉　木内語録　甲子園三度優勝の極意
多田富雄　柳澤桂子　露の身ながら　往復書簡 いのちへの対話
多田富雄　寡黙なる巨人
多田富雄　春楡の木陰で
多田容子　柳生平定記

多田容子　諸刃の燕
橘玲　不愉快なことには理由がある
橘玲　バカが多いのには理由がある
橘玲　「リベラル」がうさんくさいのには理由がある
橘玲　文庫改訂版 事実VS本能　目を背けたいファクトにも理由がある
田中慎弥　共喰い
田中慎弥　田中慎弥の掌劇場
田中啓文　ハナシがちがう！　笑酔亭梅寿謎解噺
田中啓文　ハナシにならん！　笑酔亭梅寿謎解噺2
田中啓文　ハナシがはずむ！　笑酔亭梅寿謎解噺3
田中啓文　ハナシがうごく！　笑酔亭梅寿謎解噺4
田中啓文　茶坊主漫遊記
田中啓文　鍋奉行犯科帳
田中啓文　鍋奉行犯科帳　道頓堀の大ダコ
田中啓文　ハナシはつきぬ！　笑酔亭梅寿謎解噺5
田中啓文　鍋奉行犯科帳　浪《なに》花《わ》の太《たい》公《こう》望《ぼう》

田中啓文　鍋奉行犯科帳　京へ上った鍋奉行
田中啓文　鍋奉行犯科帳　お奉行様の土俵入り
田中啓文　鍋奉行犯科帳　お奉行様のフカ退治
田中啓文　鍋奉行犯科帳　猫と忍者と太閤さん
田中啓文　鍋奉行犯科帳　風雲大坂城
田中啓文　浮世奉行と三悪人
田中啓文　俳諧でぼろ儲け　浮世奉行と三悪人
田中啓文　鴻池の猫合わせ　浮世奉行と三悪人
田中啓文　えびかに合戦　浮世奉行と三悪人
田中啓文　ジョン万次郎の失くしもの　浮世奉行と三悪人
田中啓文　大塩平八郎の逆襲　浮世奉行と三悪人
田中啓文　さもしい浪人が行く　元禄八犬伝 一
田中啓文　天下の豪商と天下のワル　元禄八犬伝 二
田中啓文　歯噛みする門左衛門　元禄八犬伝 三
田中啓文　天から落ちてきた相撲取り　元禄八犬伝 四
田中啓文　討ち入り奇想天外　元禄八犬伝 五

集英社文庫 目録（日本文学）

集英社文庫　目録（日本文学）

集英社文庫　目録（日本文学）

集英社文庫　目録（日本文学）

- 堂場瞬一　解
- 堂場瞬一　共犯捜査
- 堂場瞬一　警察《サツ》回りの夏
- 堂場瞬一　オトコの一理
- 堂場瞬一　時限捜査
- 堂場瞬一　グレイ
- 堂場瞬一　蛮政の秋
- 堂場瞬一　凍結捜査
- 堂場瞬一　社長室の冬
- 堂場瞬一　共謀捜査
- 堂場瞬一　宴の前
- 堂場瞬一　ボーダーズ
- 堂場瞬一　弾丸メシ
- 堂場瞬一　夢の終幕　ボーダーズ2
- 堂場瞬一　ホーム
- 堂場瞬一　野心　ボーダーズ3
- 童門冬二　全一冊　小説　上杉鷹山
- 童門冬二　明日は維新だ
- 童門冬二　全一冊　小説　直江兼続《なおえかねつぐ》　北の王国
- 童門冬二　全一冊　小説　蒲生氏郷《がもううじさと》
- 童門冬二　全一冊　小説　新撰組
- 童門冬二　全一冊　小説　伊藤博文　幕末青春児
- 童門冬二　異聞　おくのほそ道
- 童門冬二　全一冊　小説　立花宗茂
- 童門冬二　全一冊　小説　吉田松陰
- 童門冬二　上杉鷹山の師　細井平洲
- 童門冬二　巨勢入道河童　平清盛
- 童門冬二　小説　田中久重　明治維新を動かした天才技術者
- 童門冬二　大岡忠相　江戸の改革力　吉宗とその時代
- 童門冬二　渋沢栄一　人間の礎
- 遠田潤子　紅蓮の雪
- 戸賀敬城　結果を出す男はなぜ「服」にこだわるのか？
- 十倉和美　犬とあなたの物語　犬の名前
- 豊島ミホ　夜の朝顔
- 豊島ミホ　東京・地震・たんぽぽ
- 戸田奈津子　スターと私の映会話！
- 戸田奈津子　字幕の花園
- 冨森駿　宅飲み探偵のかごんま交友録
- 冨森駿　宅飲み探偵のかごんま交友録2
- トミヤマユキコ　清田隆之　文庫版　大学1年生の歩き方
- 友井羊　スイーツレシピで謎解きを　推理が言えない少女と保健室の眠り姫
- 友井羊　放課後レシピで謎解きを　うつむきがちな探偵と駆け抜ける少女の秘密
- 友井羊　映画化決定
- 伴野朗　三国志　孔明死せず
- 伴野朗　呉・三国志　長江燃ゆ一　孫堅の巻
- 伴野朗　呉・三国志　長江燃ゆ二　孫策の巻
- 伴野朗　呉・三国志　長江燃ゆ三　孫権の巻
- 伴野朗　呉・三国志　長江燃ゆ四　赤壁の巻

集英社文庫

神曲《しんきょく》プロデューサー

2024年4月25日　第1刷　　定価はカバーに表示してあります。

著　者　杉井《すぎい》　光《ひかる》

発行者　樋口尚也

発行所　株式会社　集英社
東京都千代田区一ツ橋2-5-10　〒101-8050
電話　【編集部】03-3230-6095
【読者係】03-3230-6080
【販売部】03-3230-6393（書店専用）

印　刷　TOPPAN株式会社

製　本　TOPPAN株式会社

フォーマットデザイン　アリヤマデザインストア　　マークデザイン　居山浩二

ISBN978-4-08-744638-8 C0193